GRöls Verlage

„Bücher sind wie Fallschirme. Sie nützen uns nichts, wenn wir sie nicht öffnen."

Gröls Verlag

Redaktionelle Hinweise und Impressum

Das vorliegende Werk wurde zugunsten der Authentizität sehr zurückhaltend bearbeitet. So wurden etwa ursprüngliche Rechtschreibfehler *nicht* systematisch behoben, denn kleine Unvollkommenheiten machen das Buch – wie im Übrigen den Menschen – erst authentisch. Mitunter wurden jedoch zum Beispiel Absätze behutsam neu getrennt, um den Lesefluss zu erleichtern.

Um die Texte zu rekonstruieren, werden antiquarische Bücher von Lesegeräten gescannt und dann durch eine Software lesbar gemacht. Der so entstandene Text wird von Menschen gegengelesen und korrigiert – hierbei treten auch Fehler auf. Wenn Sie ebenfalls antiquarische Texte einreichen möchten, finden Sie weitere Informationen auf www.groels.de

Viel Freude bei der Lektüre wünscht Ihnen das Team des Gröls-Verlags.

Adressen

Verleger: Sophia Gröls, Im Borngrund 26, 61440 Oberursel

Externer Dienstleister für Distribution & Herstellung: BoD, In de Tarpen 42, 22848 Norderstedt

Unsere „Edition | Werke der Weltliteratur“ hat den Anspruch, eine der größten und vollständigsten Sammlungen klassischer Literatur in deutscher Sprache zu sein. Nach und nach versammeln wir hier nicht nur die „üblichen Verdächtigen“ von Goethe bis Schiller, sondern auch Kleinode der vergangenen Jahrhunderte, die – zu Unrecht – drohen, in Vergessenheit zu geraten. Wir kultivieren und kuratieren damit einen der wertvollsten Bereiche der abendländischen Kultur. Kleine Auswahl:

Francis Bacon • Neues Organon • **Balzac** • Glanz und Elend der Kurtisanen • **Joachim H. Campe** • Robinson der Jüngere • **Dante Alighieri** • Die Göttliche Komödie • **Daniel Defoe** • Robinson Crusoe • **Charles Dickens** • Oliver Twist • **Denis Diderot** • Jacques der Fatalist • **Fjodor Dostojewski** • Schuld und Sühne • **Arthur Conan Doyle** • Der Hund von Baskerville • **Marie von Ebner-Eschenbach** • Das Gemeindekind • **Elisabeth von Österreich** • Das Poetische Tagebuch • **Friedrich Engels** • Die Lage der arbeitenden Klasse • **Ludwig Feuerbach** • Das Wesen des Christentums • **Johann G. Fichte** • Reden an die deutsche Nation • **Fitzgerald** • Zärtlich ist die Nacht • **Flaubert** • Madame Bovary • **Gorch Fock** • Seefahrt ist not! • **Theodor Fontane** • Effi Briest • **Robert Musil** • Über die Dummheit • **Edgar Wallace** • Der Frosch mit der Maske • **Jakob Wassermann** • Der Fall Maurizius • **Oscar Wilde** • Das Bildnis des Dorian Grey • **Émile Zola** • Germinal • **Stefan Zweig** • Schachnovelle • **Hugo von Hofmannsthal** • Der Tor und der Tod • **Anton Tschechow** • Ein Heiratsantrag • **Arthur Schnitzler** • Reigen • **Friedrich Schiller** • Kabale und Liebe • **Nicolo Machiavelli** • Der Fürst • **Gotthold E. Lessing** • Nathan der Weise • **Augustinus** • Die Bekenntnisse des heiligen Augustinus • **Marcus Aurelius** • Selbstbetrachtungen • **Charles Baudelaire** • Die Blumen des Bösen • **Harriett Stowe** • Onkel Toms Hütte • **Walter Benjamin** • Deutsche Menschen • **Hugo Bettauer** • Die Stadt ohne Juden • **Lewis Caroll** • *und viele mehr….*

Ludwig Tieck

Die sieben Weiber des Blaubart

Eine

wahre Familiengeschichte

Inhalt

Erstes Kapitel
Moralität

So oft ich über dieses Wort nachgedacht habe, habe ich immer empfunden, daß das Denken darüber mit vielen Schwierigkeiten verbunden sey. Ein Mann, der viel Erfahrung in tausend Sachen hat, hat mich versichern wollen, daß man sich sogar bei'm vielen Denken leicht der Gefahr aussetze, über alle diese Grübeleien konfus zu werden, und plötzlich, ohne daß man wisse, wie es geschehe, unmoralisch zu handeln. Ja, fügte er hinzu, es giebt so wunderbare Seiten in dieser Wissenschaft, so seltsame Ansichten, daß einem raffinirenden Kopfe gerade das höchst moralisch vorkommen kann, was der gewöhnliche Dilettant der Moralität schändlich nennen würde, und wie es bei allen übrigen Künsten geht, daß man nur dadurch Kenner wird, indem man den einseitigen Enthusiasmus verliert, so auch hier. Der Mann, den ich hier nicht nennen will, weil seine Bescheidenheit darüber erröthen würde, schwur mir zu, die ganze Welt nenne ihn blos deswegen den elendesten Egoisten, weil er im Grunde gar zu uneigennützig sey, und er sey schon zuweilen darauf gekommen, etwas von seiner strengen Tugend nachzulassen, damit ihn die Menschen nur besser verstehn möchten.

So mag es hin und wieder gar Manchem gehn; zu großer Glanz wird wieder Finsterniß, indem er die gewöhnlichen Augen blendet. Viele Leute üben die großen Tugenden aus, und müssen dann nothwendig die kleinen vernachlässigen, denn man kann nicht alles in allem seyn. Ich weiß hundert meiner Bekannten, die von Tag zu Tag darauf warten, das Vaterland zu retten, eine Erfindung zu machen, die der ganzen Erde wohlthätig ist, einen Telegraphen zu entdecken, der vom Volke hinaus bis zur Regierung reiche, um beide mit einander sich über ihre wahre Lage besprechen zu lassen; aber dergleichen Leute können sich unmöglich mit jenen Bagatellen von Tugenden abgeben, die nur den Subaltern kleiden. Wo die übrigen Erdbewohner Berge und Thäler sehn, können sie nicht einmal Hügel bemerken, weil ihr Standpunkt zu erhaben ist.

Es giebt noch tausend andere Rücksichten und Gründe und Ursachen, warum es mit der ganzen Moralität in der Welt nicht so recht fort will. Der Leser kann unmöglich verlangen, daß ich hierüber zu weitläuftig seyn sollte, denn Niemand anders, als er, würde es mit der Langenweile entgelten müssen: denn ich sehe mich hier genöthigt, die Ehre zu haben, zu versichern, daß es mir so ziemlich einerlei ist, was ich schreibe, wie es denn jedem redlichen Schriftsteller seyn muß, und indem ich mich über die Tugend recht weitläuftig ausließe, fände ich vielleicht Gelegenheit, mich selber noch zu bessern. Außer des Lesers Langenweile giebt es aber noch eine andre und viel bessere Ursach, warum ich hier abbreche; der Leser wird sie weiter unten erfahren.

Der größte Theil der bewohnten Welt hat nun auch eingesehn, daß die Moralität zwar an sich etwas Vortreffliches sey, daß sich jeder Mensch auch kennen lernen müsse, eben so, wie er Recensionen lesen muß, um im Stande zu seyn, ein Urtheil zu fällen, oder um sich wenigstens vor allem Moralischen zu hüten. Die Moralität ist nichts weiter, als das unbeholfene eiserne Geld der Spartaner, das allen Handel unmöglich machte, das sich nicht fortbringen läßt, denn die Akademiciens in Sparta mußten sich ihre Pension immer durch einen Wagen mit sechs Pferden abholen lassen; das Schlimmste aber ist, daß die Nachbarn diese eisernen Münzsorten gar nicht für Münzen wollen gelten lassen, daß sie ihnen immer nur wie Eisen vorkamen. Dieses eiserne Geld findet man daher nur noch in den Antikensammlungen, wo man so manches Unnütze aufbewahrt, und die aufgeklärte Welt gebraucht jetzt allenthalben das gestempelte Gold, oder das Papiergeld der Klugheit, und Handel und Wandel, Wissenschaften und Künste, Gewerbe und Fabriken und Philosophie treiben und blühen seit der Zeit, daß es den Gärtnern allenthalben die größte Freude macht.

Es wäre aber wirklich zu bedauern gewesen, wenn die Moralität so ganz hätte in Vergessenheit kommen sollen; es wurde daher darauf gedacht, sie irgendwo unterzubringen, wo man ihrer gleich und ohne Umstände habhaft werden könne, wenn man in müßigen Stunden einen Trieb nach ihr empfinde. Da sahen die Klügsten unter dem Volke die nichtsthuende, leichte, gewandte Landstreicherin *Poesie* einhertanzen, die mit einem zierlichen Korbe voll Blumen über die Erde ging und Augenpracht und süßen Duft einem Jeden anbot. Gleich war der Entschluß gefaßt. Wozu, sagte man, soll sie in unsern fleißigen Zeiten allein müßig gehn? Könnte die leichtsinnige Dirne nicht spinnen, oder sich in einer Fabrik unterbringen, wo es immer noch an Händen und Füßen fehlt? Man fange sie und bringe sie vor uns.

Die Poesie sträubte sich und wollte bald fortspringen, bald fortfliegen, aber die rüstigen Arme der Geschäftsmänner waren ihr zu mächtig, sie mußte sich ergeben und ward nun vor den Rath geführt. Man gab ihr erst ihres Müßiggehens wegen derbe Verweise, da sie nun aber doch einmal nicht anders zu brauchen sey, so solle sie wenigstens Alles, was von Moralität da herum liege, mit in den Blumenkorb legen und sich nicht unterstehen, eine Rose zu verschenken, ohne auch zugleich ein Stückchen Moral mit abzubrechen. Die Poesie schüttelte den Kopf, aber die Richter kümmerten sich wenig darum, denn das Urtheil war einmal gesprochen, sie waren froh, die Moralität nun ganz los zu seyn, und hin und wieder läuft noch einer zur Poesie hin, um zu sehn, ob sie auch dem Befehle gehorcht. Die Poesie tanzt nun nicht mehr, sie hat schwere Last zu tragen und ist in der Ferne nicht von den alten Semmelweibern zu unterscheiden, die mit ihrem Korbe von einem Dorfe zum andern wandern.

Seit der Zeit ist es für den Schriftsteller eine wahre Freude, zu arbeiten, denn er kann sich darauf verlassen, und es ist ihm nun erst möglich gemacht, Nutzen zu stiften. Nebenher, daß er irgend eine schöne Liebesgeschichte erzählt, macht er dem Leser das Ermorden leid, oder warnt ihn, nicht zu stehlen, und bringt ihm überhaupt auf eine geschickte Weise irgend eins der zehn Gebote bei, wobei der beste Spaß noch der ist, daß der Leser es gar nicht recht merkt, sondern in aller Unschuld meint, Alles sey der liebe pure Kunstgenuß, und es gehöre so zur Sache, und es ihm also auch wirklich leicht ist, sich auf eine Minute zu bessern.

Sehr natürlich sind also die Schriftsteller zu verwerfen, die sich unterstehn, etwas ohne moralische Anwendung zu schreiben, denn wozu kann das nützen? Was helfen mir die fingirten Prinzessinnen, und Castelle, und Liebe und alle Rührung, da ich doch vorher weiß, daß es nicht wahr ist, wenn nicht irgend ein Satz darin liegt, der mich bessern kann? Ja, wo soll denn überhaupt die Tugend hin, wenn sie in den Erfindungen der Romanschreiber kein Quartier mehr findet? Wenn man alle Poesie zusammenschmelzen wollte, muß aus jedem Kunstwerke ein moralischer Satz als caput mortuum zurückbleiben, und die Scheidekünste, die die Kunstrichter bei allen Büchern anwenden, beweisen, wie bald sich die luftige Erfindung und die wässerige Einkleidung verflüchtigen lassen, und die trockne Erde, die Moral, das Element der Kunst zurückbleibt.

Außer der Moral muß auch noch die poetische Gerechtigkeit beobachtet werden, und hierin lassen sich oft sonst löbliche Schriftsteller zu Fehlern verleiten, weil sie nicht das Criminalgesetzbuch der Kunst genug im Kopfe haben. Es wundert mich um so mehr, da diese Gesetze so einfach sind; denn da es ohne Tod und Ermorden in den Büchern nicht hingeht, so muß der Schuldige seinen Tod verdienen, und der Unschuldige, der stirbt, muß wenigstens dem Mörder so viel Gelegenheit zur Reue und Zerknirschung vor dem Gnadenstoß auf dem letzten Blatte geben, daß der Leser selbst die Hinrichtung beschleunigt wünscht. In allen diesen Sachen hat sich der sonst vortreffliche *Peter Lebrecht* in seinem Stücke: *Ritter Blaubart*, vergangen; denn weder poetische Justizpflege, noch Moralität herrschen hinlänglich darin. Die Richter des heimlichen Gerichts, die Recensenten, die über Beides wachen, werden es ihm schon vorrücken, daß er seiner Phantasie zu sehr gefolgt ist, denn wenn man sein Mährchen verflüchtigen wollte, so würde gerade gar nichts Anschauliches zurückbleiben. Ich führe dies nur zum Exempel an, wie selbst sonst große Männer gar zu leicht den wahren Weg verfehlen können.

Ich mache nun den Uebergang zu gegenwärtiger Geschichte. Der Leser wird schon merken, daß Viel darin umkömmt, und die Personen thun mir schon jetzt im Voraus mehr leid, als ihm, aber es ist nicht zu ändern, denn es ist nichts weiter, als ein großes Opferfest, das angestellt wird, um den

Leser zu bessern. Es muß also dabei bleiben, und alle Anstalten sind auch schon dazu getroffen. Ich muß fast lachen, wenn ich daran denke, wie die Charaktere, die nun auftreten werden, sich im Anfang nichts weniger vermuthen, als daß man sie umbringen wird; aber warum sind auch Leser und Leserinnen so schlimm, daß man sich solche Executionen vorzunehmen genöthigt sieht?

Der Leser darf also nicht besorgen, nicht hinlängliche Lehren zu bekommen, denn wo es nur die Gelegenheit im Mindesten mit sich bringt, werd' ich es nicht unterlassen, ihn auf seine Laster aufmerksam zu machen. Der Ton soll auch nicht zu sanft seyn, sondern eine gewisse Härte kriegen, damit ich es in einem folgenden Buche desto bequemer habe, und schon säuberlicher mit ihm verfahren kann. Weil also das ganze Werk so viel Moral erfordert, so muß ich darauf bedacht seyn, sie weise zu vertheilen, und darum wollte ich mich nicht schon im ersten Kapitel mit Anmerkungen darüber erschöpfen.

Ich nenne übrigens diese Geschichte eine wahre Geschichte, weil sie wirklich wahr ist, so wahr, wie irgend etwas Anderes, das man lesen kann. Es ist Alles aus Documenten und geheimen Papieren gezogen, und ich würde auch diese abdrucken lassen, wenn ich's mit manchen Familien verderben wollte. Manche der Nachkommen Blaubarts haben immer noch etwas von ihrem Vorfahren an sich, und manche Ehescheidungen und Wiederverheirathungen sind nur ein Naturfehler. Alle diese Leute würden sehr böse auf mich werden, wenn ich so die Wahrheit geradezu, ohne alle Umschreibung, sagte. Ich hoffe aber, meine Leser sollen mir auf's Wort glauben, was ich erzähle, wie es eigentlich mit Blaubarts Geschichte zusammenhängt.

Doch es ist endlich Zeit, diese Geschichte selber anzufangen.

Zweites Kapitel

Anfang der Geschichte

Nichts ist gewöhnlicher, als eine Geschichte auf eine recht wunderliche Weise anzufangen; je verworrener sie gleich im Anfang ist, je interessanter. Man darf erst gar nicht begreifen, wer wohl unter den auftretenden Personen der Held der Geschichte seyn könnte, sondern dieser entzieht sich unsern Augen auf die künstlichste Weise, und wechselt, wenn das Buch recht unterhaltend seyn soll, wie Proteus, in jedem Augenblicke seine Gestalt. Eben darum hat der Leser auch einen Pfiff erfunden, der gewissermaßen nöthig ist: er schlägt nämlich künstlicherweise die letzte Seite auf, und wird nun gewahr, wer der Held der Geschichte ist, ob er am Leben bleibt, und wen er heirathet; dadurch ist er nachher im Stande, sich über alle Finten des Verfassers hinwegzusetzen und ohne sonderliche Unruhe das ganze Buch zu Ende zu lesen. So sucht der Autor den Leser und der Leser den Autor zu überlisten, und der Letztere scheint nach meiner Meinung den Sieg davon zu tragen. Denn es giebt kein besseres Mittel, alle Verwickelungen und gespannte Situationen, alle Todesgefahren des Helden, und alle unübersteiglichen Schwierigkeiten gegen die Heirath zu verachten, als sich von der letzten Seite den Schlüssel zu allen Räthseln zu holen, und so das Buch zu lesen, um gewiß nicht erschüttert zu werden. Der Dichter mag dann den Leser mit noch so vieler Kunst in medias res versetzen, der Leser weiß doch, daß Alles nur Spaß ist, und daß er schon aus dem Ganzen, aus Plan und Anlage klug werden wird.

Ich habe keine solche künstliche Anstalten getroffen, weil ich gesonnen bin, die Gemüthsruhe des Lesers auf keine Weise zu stören.

Drittes Kapitel

Erziehung des Helden

Ich will den Leser nicht sogleich in den Mittelpunct der Lebensbeschreibung versetzen, sondern ihm im Gegentheil das Vergnügen machen, den Helden schon in der Jugend kennen zu lernen. –

»Der losgelassene Sturmwind zog mit aller seiner Macht durch den Wald, und schwarze Wolken hingen schwer vom Himmel herunter; in einer abseits liegenden Burg brannte ein einsames Licht, und ein Wandersmann ging durch die Nacht auf der großen Straße fort.« –

Da ich voraussetzen kann, daß nur sehr wenige meiner Leser Spaß verstehn, so wird die Geschichte bei manchen Gelegenheiten überaus ernsthaft werden. Ich glaube, ein Verfasser kann nicht ernsthaft und feierlich genug schreiben, wenn er verlangt, gelesen zu werden; er darf ohne Bedenken die kläglichsten eingebildeten Leiden der Menschen auf eine lächerlich übertriebene Weise schildern, und er kann auf dankbare Thränen rechnen, so daß die meisten Romane ordentliche Anstalten sind, um die überflüssigen Thränen aus dem Menschen zu schaffen, daß aber dieselben reizbaren Geschöpfe sich nur sehr schwer zum Lachen verstehn.

Ich will hier nur einen ganz kurzen Dialog einführen:

A. O, gnädiger Herr, was haben Sie Alles versäumt! Die ganze Gesellschaft war so lustig, besonders war Herr C. witzig, und da Sie nun selbst ein lustiger Mann sind –

v. B. Lustig? Pfui, mein Herr, wie meinen Sie das? Lustig? Abscheulich! Ich ließe mich eben so gern einen Narren nennen.

A. Aber wenn Herr C. witzig ist, so steht Ihnen doch das Lachen so gut.

v. B. Höchst lächerlich! Sie irren sich, mein Herr. Ich versichere Sie, mein Herr, ich lache über Niemandes Spaß, als über meinen eigenen, oder wenn eine Dame scherzt, das kann ich Sie versichern.

C. Wie? sag' ich denn nie etwas, das sich der Mühe verlohnte, darüber zu lachen?

v. B. Pfui doch, Sie verstehn mich falsch, lächle ich doch sogar manchmal über Ihre Einfälle. Aber nichts ist für einen vornehmen Mann so unschicklich, als Lachen; es ist so ein pöbelhafter Ausdruck der Leidenschaft, jeder Mensch kann lachen. Vollends zu lachen, wenn eine geringere Person scherzt, oder wenn ein anderer vornehmer Mann nicht mit uns lacht; höchst abgeschmackt, daß einem das gefallen soll, was dem gemeinen Haufen gefällt! Wenn ich lache, lache ich immer ganz allein.

C. Vielleicht, weil Sie nur über Ihre eigenen witzigen Einfälle lachen.

D. Gehn Sie aber nie in die Komödie, gnädiger Herr?

v. B. O ja, aber ich lache nie.

D. Nie?

v. B. Bewahre! – Ich lache nie.

D. Warum aber gehen Sie hinein?

v. B. Eben um mich von den gemeinen Leuten zu unterscheiden und die Poeten zu ärgern; die Kerls werden so stolz, wenn ihre Einfälle in den Logen Sensation machen. – Ich schwöre, – he he he! ich habe mich sehr oft quälen müssen, das Lachen zu unterdrücken – he he he! um sie nur nicht noch mehr aufzumuntern.

D. Sie sind gegen sich und gegen die Dichter zugleich grausam.

v. B. Im Anfange, das gesteh' ich, mußte ich mir Gewalt anthun, aber jetzt bin ich in der Uebung.

Diese Stelle steht eigentlich im Congreve, und ich möchte sie gern für meine Erfindung ausgeben, da sie für angesehene und gesetzte Leser eine so vortreffliche Vorschrift enthält, wie sie sich in Ansehung des Lachens zu verhalten haben. Jetzt aber lachen auch die jungen Leser und Leserinnen nicht mehr, und eben dadurch, daß man das Weinen und Gerührtseyn mehr ausbildet, wird man fast einseitig, und thut dem Lachen großen Eintrag. Da man nicht mehr unter uns lachen sieht, haben Einige daraus schließen wollen, man treffe auch nichts Lächerliches mehr an, nam deficiente causa etc. und das Lachen sey nur für Barbaren, es sey nichts als das Getöse, das der Marmor macht, indem er geschliffen wird, das aber mit der Politur in gleichem Grade abnimmt. Es läßt sich gegen diese Behauptung wenig einwenden, und also voraussehn, daß im künftigen goldenen Zeitalter nur die Thränen noch und der freie Wille, die Vernunft und dergleichen Privilegien seyn werden, die die Menschen vor den Thieren voraushaben, und das bisherige Monopol des Lachens wird dann vielleicht um ein Billiges diesen unterdrückten Erdbürgern zur unschuldigen Ergötzung überlassen. – Jener Wandrer also ging in der wüsten Nacht auf seiner Straße fort, wendete sich aber bald feldeinwärts, da er das einsame Licht gewahr ward.

Als er näher kam, sah er ein kleines Haus vor sich liegen, und aus dem Zimmer herunter ertönte folgender Gesang:

Schlafe, mein Kind,
Regen und Wind
Verrauschen geschwind.
Tag und Nacht
Wechselt mit Bedacht,
Fröhlichkeit und Leid;
Drum werde früh gescheid.
Manch Glück und Unglück wirst du tragen
Lerne dankbar seyn und klagen.
Schlafe, mein Kind,
Regen und Wind
Bestandlos wie Glück und wie Traurigkeit sind.

Wer hätte aus diesem moralischen Gesange nicht geschlossen, daß hier eine überaus philosophische Mutter oder Amme ein Kind in den Schlaf gesungen? Der Alte stand eine kleine Weile nachdenkend vor der Thür; dann entschloß er sich, anzupochen.

Die Thür eröffnete sich, und eine alte Frau führte ihn in ein Zimmer, in dem eine Wiege stand, in welcher ein gesunder Knabe schlief; die Alte war die Sängerin und setzte ungestört ihre Beschäftigung wieder fort. Der alte

Wanderer trocknete seine Kleider am Feuer, dann wurde ihm stillschweigend ein Abendbrod aufgetragen und man wies ihm ein Lager an. Er verwunderte sich sonst über wenig in der Welt, aber diese Aufnahme kam ihm doch sonderbar vor.

Als die Sonne aufging, erwachte er. Die Gegend war wüste und ohne Berge, so weit sein Auge reichte, nur kleine Wälder und Gebüsche standen einsam in der weiten Fläche; auf dem Dache des Hauses hörte er einen Vogel singen:

Was gestern war, ist nun vorbei,
Die Luft bleibt mir lieblich und frei,
Was gestern war, weiß ich noch kaum,
Das Leben ist doch nur ein Traum,
Drum sing' ich, und bin ich nicht krank,
Ergötzt mich mein eigner Gesang.
Der Regen und Sturm ist vorbei,
Nun klingt wieder die Melodei.

Viertes Kapitel

Eine gelehrte Disputation

Es wird Jedermann schon errathen haben, daß der Knabe in der Wiege Niemand anders, als der Held unsrer Geschichte sey.

Der Unbekannte ging wieder zu ihm hinüber, und betrachtete den Knaben genau; er nahm eine sehr nachdenkliche Miene an, und schüttelte dann mit dem Kopfe. Die Alte war zugegen und that, als bemerkte sie es nicht.

Indem wurde an die Thüre geklopft, und die Sängerin ging hinab, um sie zu öffnen. Gleich darauf trat eine schöne Dame in's Zimmer, setzte sich ohne Umstände nieder, und Alle schwiegen still; die Dame schien müde, die Alte setzte die Wiege in Bewegung, und da der Unbekannte nichts

Besseres zu thun wußte, fing er wieder an, den Knaben zu betrachten und mit dem Kopfe zu schütteln.

Indem hörte man eine Stimme, wie einen Vogel singen:

Wer Fröhlichkeit liebt,
Ist selten betrübt.
Geht Lachen und Scherzen
Nur immer von Herzen,
So läßt sich das Leben
Mit Leichtigkeit weben.
Kein Knoten beschränkt es,
Kein Verwickeln beengt es,
Zu Ende kommt der Faden sacht
Und unvermerkt die Ruh der Nacht.

Welch ein triviales Lied! sagte der Unbekannte.

Sie sind alle nicht besser, die der abgeschmackte Vogel singt, antwortete die Alte.

Das Lied ist für einen Vogel gut genug, sagte die Dame.

Ich habe mir schon Mühe gegeben, ihm andre Lieder zu lehren, fing die Alte wieder an, aber er hat einen ungelehrigen Kopf.

Zum Exempel? fragte die Dame.

Die Alle fing ohne weitere Umstände an zu singen:

Sagt, wer sind auf jenen Matten,
Wo so manche Blumen blüh'n,
Die verwandten stillen Schatten,
Die in holder Eintracht zieh'n?
Schmerz und Leben heißen beide,
Beide sind sich nah verwandt,
Manchmal grüßet sie die Freude
Und das Leben reicht die Hand.

Aber dann tritt Schmerz dazwischen,
Schnell entflieht dann zu den Büschen
Freude, sie verbirgt sich in den tiefsten Hain,
Schmerz und Leben bleiben stets allein.

Das ist melancholisch, sagte die Dame.

Aber doch ächte Poesie, sagte der Unbekannte mit einem Seufzer.

So weiß ich noch hundert Lieder, antwortete die Alte, und ich singe sie alle dem Kinde vor.

Wozu soll das nützen? fragte die Dame.

Wer ist der Knabe? fragte der Unbekannte.

Die Alte erzählte: Von dem Kinde kann ich weiter nichts sagen, als daß es mir von einem unbekannten Rittersmann anvertraut worden ist. Es soll hier erzogen werden und aufwachsen. Man hat mir anbefohlen, es so viel als möglich schlafen zu lassen, denn das ist der einzige Weg, wie der Mensch so manchem Unglück, das ihm im Leben bevorsteht, aus dem Wege gehen kann. Ueber jeden Sterblichen sind viele Schicksale verhängt, und diejenigen Verhängnisse, die ihn nicht wachend treffen, fallen ihn im Schlafe an; darum kann ein Kind in Träumen so manches Unglück seines künftigen Lebens durch Angst und Thränen abverdienen, und darum singe ich ihm auch dergleichen Lieder vor, um ihn schon früh an die Abwechselungen des Lebens zu gewöhnen.

Ihr thut sehr Unrecht daran, sagte die Dame, denn dadurch wird das Gemüth des Kindes vielleicht so trübe und verwirrt, daß es eben dadurch eine Verwandtschaft zu allen Unglücksfällen bekömmt. Das Gemüth der Kinder ist ein Spiegel, in den schon durch die frühen Eindrücke das künftige Schicksal hineinwachsen kann, so daß ein solcher Mensch nachher Elend erleben muß, weil er in sich ein beständiges Unglück wahrnimmt; alle schlimmen Zufälle treffen dann in ihm einen willfährigen Beherberger an, und so wird der Knabe künftig unglücklich, weil er jetzt Unglück träumt.

Diese Theorie ist mir ganz fremd, antwortete die Alte, aber so wird Euch die Erziehung hier neben an vielleicht um so besser gefallen. – Sie eröffneten eine Thür, und traten in ein anderes Zimmer; hier sahen sie ein Mädchen, das sie mit hellen blauen Augen aus der Wiege anlächelte. Dieses Kind, fing die Alte wieder an, ist jener jungen einfältigen Wärterin zur Erziehung anvertraut, sie läßt es schlafen, wenn es Lust hat, und aufwachen, wenn es aufwachen will, spielt mit ihm kindische, ja beinahe alberne Spiele, so daß man kein vernünftiges Wort zwischen ihnen wechseln hört. Zum Ueberfluß ist der Vogel dort vor dem Fenster noch als eine Art von Hofmeister hinzugethan, der dem Kinde unaufhörlich die trivialsten Lieder vorsingt, so daß aus dem Mädchen unmöglich eine gescheide Person herauswachsen kann, denn er singt beständig, wie sie lustig seyn soll und dergleichen.

Der Vogel saß vor dem Fenster, und sah mit klugen Augen in die Stube hinein; er war fast so groß, wie ein Pfau, und hatte ohngefähr dieselbe Gestalt.

Die ernsthafte Alte drohte ihm mit dem Finger, aber er schien es nicht zu achten, sondern schüttelte leichtsinnig mit dem Kopf, und schien von der Pädagogik der Erzieherin nichts zu halten. – Nun, mein Freund, sagte die Dame, und wandte sich gegen den Unbekannten, was sagen Sie zu dem Allen?

Daß es gewissermaßen ein Unglück ist, das Schicksal der Sterblichen vorher zu wissen, antwortete er mit einer feierlichen Stimme. Es bleibt mir das ernste Nachdenken über alles Unglück zum traurigen Genuß, ohne jene Ueberraschung über die seltsame Art, wie sich das Elend manchmal wirft und bricht. Ohne Neugier haben wir eine unaufhörliche Begier, etwas Neues zu erschaffen, wir wissen Alles vorher, und wünschen nichts so sehnlich, als uns selbst einmal überraschen zu können.

Haben Sie das trübselige Handwerk noch nicht aufgegeben? fragte die Dame.

Nein, erwiederte der Unbekannte, gestern ist der Mann gestorben, der unter meiner Leitung Glück und Unglück erlebte. Und ich will nunmehr der Führer dieses Knaben werden, ihn beschützen, da ich vorhersehe, daß ihm viele Gefahren bevorstehn; ich will ihn mit Kühnheit begaben, und wenn er seinem Unglücke nicht entrinnen kann, so soll er's wenigstens auf eine seltsame Art endigen.

Halt ein! rief die Dame aus, du solltest doch nun schon aus der Erfahrung wissen, daß es um das Lenken des Schicksals eine mißliche Sache ist. Wie manchen guten Lebenslauf, der ohne Dich ohne Abenteuer und ohne Merkwürdigkeiten abgelaufen wäre, hast Du nicht schon verdorben? Du bildest Dir ein, Mannigfaltigkeit und Einheit zugleich hineinzubringen und hast von beiden keinen deutlichen Begriff. Deine Mannigfaltigkeit ist zu einfach und in Deiner Einheit steckt immer noch eine willkührliche Mannigfaltigkeit; für den vernünftigen Beschauer ist ein besserer Zusammenhang in dem unzusammenhängendsten Lebenslaufe.

Unbekannter. Almida, Du gehst mit meinen Arbeiten doch auch gar zu unbarmherzig um!

Almida. Nein, lieber Bernard, Du bist der Vorläufer und Ankündiger aller schlechten Schriftsteller. Aber welcher ungeheure Unterschied! sie verderben nur schlechtes, höchstens gutes Papier, aber Du mit Deiner Wahrsagerkunst und dem bischen Zauberei ganz gesunde Lebensläufe und bekömmst weder Honorar, noch Autorexemplare dafür. Laß doch lieber das Leben ablaufen, wie es will.

Bernard. Ich kann's unmöglich mit ansehn, daß die Leute so in's weite Blaue hineinleben, und darum muß ich immer den Helden einer Geschichte vor Augen haben und ihn erziehn. Du solltest doch selbst an Deine sonstigen Schriftstellersünden denken.

Almida. Ich denke so sehr daran, daß ich nun das Gewerbe ganz aufgegeben habe; mich reut noch immer das gesunde Mädchen, der ich den einseitigen Geschmack am Mondschein beigebracht habe, noch mehr ihr Liebhaber, der sie schon vor drei Jahren geheirathet hätte, wenn er nicht ein zu großes Vergnügen am Unglücklichseyn gefunden hätte. – Ich will daher auch dies Mädchen hier, Adelheid, vor allen Abenteuern, vor glänzender Schönheit und vor einem übergroßen Verstande, der nur Mangel an Verstand voraussetzt, bewahren; sie soll auch keine seltsamen Zufälle erleben, sondern ohne sonderliches Glück und Unglück die Erde liebgewinnen und sie ohne zu großes Bedauern verlassen, wenn es nöthig ist.

Bernard. Es ließe sich aber so viel aus ihr machen –

Almida. Oder verderben! Das höchste Glück ist jenes stille Glück, das von Wenigen gekannt und genossen und von den Meisten verachtet wird.

Bernard. Ich gehöre auch zu den Meisten, und ich will diesen Knaben hier, Peter, auf die wahre Art glücklich machen.

Almida. Welche nennst Du die wahre Art?

Bernard. Natürlich die meinige.

Almida. Wir werden nicht einig werden.

Bernard. Heute am wenigsten, weil Dir Deine jetzige Art zu denken selbst noch etwas Neues ist.

Sie verließen Beide das Haus und gingen ihre Straße.

Fünftes Kapitel
Jugendliche Liebe

Ein sehr schwieriges Kapitel. Lieber Leser, hier ist es für den Autor fast gar zu schwer, etwas Neues zu sagen.

Die beiden Kinder, Peter und Adelheid, wurden nämlich größer, sie sahen sich gern, und da sie ein gewisses Alter erreicht hatten, waren sie sich überaus gut.

Ich kann aber der ganzen Schilderung überhoben seyn, denn Herr la Fontaine (nicht der französische Dichter) wiederholt sie in allen seinen Büchern auf die weitläuftigste Art; und da die Leser diese Schilderungen in jedem seiner Bücher von Neuem lesen, so brauche ich sie nur darauf zu verweisen. Es wäre mir auch unmöglich, so viele Unnatürlichkeiten und

Unwahrscheinlichkeiten zu erfinden, wie z. B. im *Sonderlinge* stehn, der weder ein Sonderling noch sonderlich ist, ob ihn gleich die nachsichtige Lesewelt für Beides gehalten hat; die Tischlerfamilie und das Opferfest und das Oelen hat ihnen überaus gefallen.

Ich übergehe also hier alle Rührung, weil meine Geschichte einen weit ernsthafteren Zweck hat, und weil ich mich auch nicht allzuweit von der Wahrheit entfernen darf. Ich bin nämlich gar nicht gesonnen, einen sogenannten historischen Roman zu schreiben, und dadurch die Wahrheit zu verstellen und die Geschichte ungewiß zu machen, sondern Alles ist auf Dokumente gegründet, wie ich schon in einem vorigen Kapitel sagte, und ich will lieber den Vorwurf der Langenweile tragen, als die Weltgeschichte konfus machen, indem ich den Blaubart anders darstelle, als er wirklich gewesen ist.

Der Knabe war groß geworden, Adelheid ebenfalls, und es traf sich, daß Beide an einem Tage aus dem Hause abgeholt wurden, um ihren Verwandten zurückgegeben zu werden. Die philosophische Wärterin, so wie die Unbefangene wurden versorgt.

Sechstes Kapitel

Die Klippe

Die Burg und die Güter des jungen Peter waren nach dem plötzlichen Tode seines Vaters von habsüchtigen Anverwandten in Besitz genommen; ein alter Ritter hatte den Knaben *Peter Berner* ihren Nachstellungen entrissen und ihn in der abgelegenen Wohnung erziehen lassen. Jetzt war der Knabe erwachsen, und der Ritter hatte mehrere Ritter und eine Anzahl von Knechten versammelt, um ihn wieder zu seinem Rechte zu verhelfen.

Peter Berner kam mit dem alten Ritter, der auch ein weitläuftiger Verwandter von ihm war, bei dem kleinen Heere an. Alle waren voller

Muth, als sie ihren künftigen Herrn erblickten; sie leisteten ihm den Eid der Treue und beschlossen, die Burg sogleich zu belagern.

Der junge Peter hatte sich um keine Gelehrsamkeit bekümmert, er hatte immer unbesorgt von einem Tage zum andern hinübergelebt und sich ohne sonderlichen Nutzen tiefsinnige Lieder und weise Sprüche von seiner alten Wärterin vorsagen lassen. Oft hatte er sich in der Stille nach Krieg und Streit gesehnt, und nichts war ihm daher erwünschter, als sich plötzlich in ein Leben versetzt zu sehn, das bis dahin seine höchste Hoffnung gewesen war.

Er ließ sich also bewaffnen und Schwert und Schild reichen, sein alter Vetter schlug ihn zum Ritter, und nun war Peter eifrigst bemüht, mit seinen Verwandten in der Burg in nähere Bekanntschaft zu treten. Dazu ereignete sich bald eine Gelegenheit. Die Belagerten thaten einen Ausfall, und es entstand ein blutiges Gefecht. Peter verwunderte sich über seine eigne Tapferkeit, da er zum ersten Mal die Waffen führte, und alle Ritter prophezeieten, daß aus ihm ein sehr braver Kämpfer werden würde.

Die Anverwandtschaft, die sich der Burg bemächtigt hatte, hatte ihn sogleich bei seinem Erscheinen für ein unächtes, untergeschobenes Kind erklären lassen. Für und gegen diese genealogische Meinung wurde auf beiden Seiten heftig gestritten, und die Untersuchung wurde mit solchem Feuer betrieben, daß mancher Ritter und Knecht für todt in der Abhandlung liegen blieb, ehe sie noch zu Ende gebracht war. Die in der Burg wollten anfangs gar nicht von ihrer Behauptung weichen, aber sie sahen sich doch am Ende genöthigt, Frieden zu schließen. Durch diesen Friedensschluß wurde *Peter* ein ächter und wahrer Sohn, und Derjenige wurde sogar für einen Nichtswürdigen von Allen erklärt, der seine Aechtheit je wieder bezweifeln würde. Der Gegenpart hatte seinen Irrthum so heftig eingesehn, daß er es gern mit unterschrieb, als die Uebrigen diesen Irrthum künftig bei Todesstrafe untersagten.

Peter war nun Herr von seiner Burg, die Verwandten gaben alle Ansprüche auf, und zogen sich in ihre eigenen Ländereien zurück; sie lebten seit dieser Zeit in einem sehr freundschaftlichen Umgange, ja sie würden ohne Zweifel auch Briefe gewechselt haben, wenn Peter die edle Kunst des Schreibens und Lesens inne gehabt hätte. Da er aber ein ungebildeter Naturmensch war, besuchten sie sich nur zuweilen, und schmausten mit einander.

Der junge Rittersmann übte sich in der Einsamkeit fleißig in den Waffen, so daß man ihn in kurzer Zeit für den tapfersten und gewandtesten im ganzen Lande hielt. Er hatte seine jugendliche Liebe und *Adelheid* bald vergessen, er brachte seine ganze Zeit entweder im Waffensaale, oder im Walde auf der Jagd zu.

Er hatte sich an einem Tage auf der Jagd von seinem Gefolge verirrt, und suchte eben nach dem Rückwege, als ihm plötzlich aus einem Busche ein alter Mann entgegentrat. Der Alte ging ohne Umstände auf ihn zu und schloß ihn in seine Arme, worüber sich Peter sehr verwunderte. Kennest Du mich nicht? rief der Alte aus.

Nein, antwortete Peter.

Erinnerst Du Dich meiner nicht?

Nein.

Ich heiße Bernard.

Wenn auch, ich kenne Euch nicht.

Bernard erzählte nun dem Helden der Geschichte, was unsere Leser schon wissen, daß er Niemand anders sey, als ein weiser Mann und ein Zauberer, und daß er ihn schon in der Kindheit gekannt und beschützt habe. Peter hörte seine Erzählung geduldig an, und freute sich nachher, ihn kennen zu lernen.

Sie gingen nun mit einander. Peter betrachtete seinen Beschützer genau und war nicht ganz mit seiner Gestalt zufrieden. Der Alte hatte mehr Lächerliches als Ehrwürdiges in seinem Aeußern, und Peter konnte ihm daher unmöglich vielen Verstand, oder viele Macht zutrauen.

Als sie an einen freien Platz gekommen waren, setzte sich Bernard nieder, und bat den Ritter, ein Gleiches zu thun. Sie ergötzten sich erst eine Weile an der lieblichen Aussicht, dann sagte der Alte:

Ritter, Ihr müßt nicht glauben, daß ich mich Eurer ohne Noth so sehr annehme; tausend Gefahren stehn Euch bevor, und Ihr werdet ihnen ohne meine Beihülfe unterliegen. Ihr seyd unter einem ungünstigen Gestirn geboren, und es wird viel Kunst kosten, den unglücklichen Einfluß unschädlich zu machen. Bei nächster Gelegenheit will ich Euch mit Eurer mächtigsten Beschützerin bekannt machen, gegen deren Gewalt die meinige nur unbedeutend ist.

Also giebt es doch Zauberer? fragte Peter.

Wer zweifelt daran? antwortete Bernard, und ich selbst bin ja eben der beste Beweis davon. Glaubt mir, ohne etwas Zauberei kann gar nichts aus Euch werden, ohne sie kommt Ihr gar nicht durch die Welt, folglich je früher Ihr Euch dazu bequemt, je besser ist es für Euch.

An mir soll's nicht fehlen, antwortete Peter.

Nun gut, fuhr Bernard fort, jetzt ist ein wichtiger Augenblick für Euch, Euer ganzes Leben steht jetzt still, und alle Gestirne machen Halt, um dann bald eine neue Epoche anzufangen. Alles Glück der Welt wird ein Mensch niemals in seinem Lebenslauf vereinigen können, und der ist schon selig zu preisen, dem so wie Euch die Wahl gelassen wird. Auf welche Art wünscht Ihr also glücklich zu seyn? Wollt Ihr Reichthum, Ehre, Glück gegen jeden Feind, Liebe? Nennt itzt was Ihr wollt, und es ist Euch gewährt; aber sammlet ja Eure Gedanken vorher.

Peter sah seinen Freund zweifelnd an, der ihm hier mehr Glück anbot, als die Lotterie ihm je gewähren kann, ja als kaum Herr S. für 1 thlr. 8 gr. in seinem *Himmel auf Erden* verspricht. Er dachte nach, ob ihn der Unbekannte nicht etwa für einen Narren hielte.

Wählt! rief *Bernard*, ehe der günstige Augenblick vorüberfährt.

Nun, weil es denn so seyn muß, sagte Peter, so gebt mir nur Glück gegen meine Feinde, und alles Uebrige mag zum Henker gehn.

Es ist Euch gewährt, sagte Bernard feierlich; aber Ihr müßt wissen, daß sich nun das übrige Glück zusammenzieht, um diesem Platz zu machen und Euer Unglück durch zu lassen. Ihr habt auch hier zu wählen; darum sagt mir ohne Bedenken, welche Sorte von Unglück ist Euch nunmehr gefällig?

Peter bedachte sich eine ganze Weile, denn es kam ihm ein wenig zu frech und unverschämt vor, sich selber sein Unglück aus dem unermeßlichen schwarzen Heere auszulesen. Er konnte keine Wahl treffen und keinen Entschluß fassen, so viel Mühe sich auch der Alte gab, ihm einzuhelfen. Von dem schlimmsten Elende mag ich gar nicht reden, rief Bernard endlich ungeduldig aus, aber wenn ich Euch als Freund rathen soll, so wählt unter den drei Uebeln: Schande, Unglück mit Euren Weibern, oder Kindischseyn im Alter.

Halt! sagte Peter, ich nehme das Unglück mit Weibern an, und zwar aus mehr als einer Ursache. Denn erstlich liegt in den Worten die Prophezeiung, daß ich mehrere Weiber haben werde, welches mir nicht unlieb ist, zweitens kann man mit diesen schwachen Geschöpfen noch immer am ersten fertig werden. Also, dabei bleibt es.

Ich hätte Euch, antwortete Bernard, zu dem Kindischseyn gerathen; ein Unglück, das so unbedeutend ist, daß es die meisten Menschen für Glück achten; indessen Ihr habt einmal gewählt, und dabei muß es also sein Bewenden haben. Ich mag Eure Wahl nicht zu sehr mißbilligen, um Euch den Handel nicht zu verleiden, aber ich wette, daß Euch diese Worte noch gereuen. Denn da alles übrige Unglück Eures Lebens sich nun über Eure Weiber zusammenzieht, so werdet Ihr auch mehr zu leiden haben, als die gewöhnlichen Ehemänner, besonders da Ihr in dem irrigen Wahne steht, daß Ihr mit einem zarten, schwachen Geschlechte zu thun habt.

Ihr seyd ja ein Weiberfeind, sagte Peter.

Bernard antwortete: Nur allein Erfahrung spricht aus mir; lernt die Weiber nur früh kennen, damit Ihr nicht Euer ganzes Schicksal verwünscht. Lieber Ritter, nie lernt man sie zu Ende kennen, und je mehr Mißtrauen man in sie setzt, desto sicherer ist man. Doch genug, daß Ihr nun doch ein großer und merkwürdiger Mann werdet, ein Mann, der durch ganz Europa berühmt seyn wird, dessen Namen sogar die Kinder im Munde führen. Nur noch eins: Hütet Euch vor den Tollen; die Verständigen unter den Männern können Euch nicht schaden, aber ich glaube es an Euren Lineamenten wahrzunehmen, daß Ihr von einem Wahnsinnigen Alles zu befürchten habt.

Aus der Tollheit, rief Peter, mache ich mir gar nichts, denn einen wahnsinnigen Menschen verachte ich gleichsam, und ein solcher wird nie im Stande seyn, mir zu schaden; denn warum? er hat keinen Verstand.

Dies war die erste Gelegenheit, bei der sich eine gewisse Blödsinnigkeit im Peter zeigte, die ihn auch sein ganzes Leben hindurch nicht verließ. Bernard bemerkte diesen Zug in seinem Charakter mit Bedauern, denn er paßte so ganz und gar nicht in das Ideal, das er sich von seinem Helden gemacht hatte. Denn wie falsch der obige Ausspruch Peters sey, brauche ich wohl nicht erst auseinander zu setzen.

Sie gingen weiter, und Bernard führte seinen Freund auf wunderbaren Fußsteigen durch den Wald und über Felsen; sie stiegen inmerfort eine Anhöhe hinan, und endlich standen sie oben.

Eine einzige spitze Klippe war der Gipfel des Gebirges, und von hier sah man hinab in ein unermeßlich tiefes Felsenthal, durch das sich ein Waldstrom drängte und schäumte und wie geängstigt zwischen den Klippen ächzte. Es war schrecklich, den Blick die schroffe Felsenwand hinabgleiten zu lassen, und über die Felsenrücken hinweg, die wie kleine Hügel da standen, zum Strom tief hinab, der nur wie ein Silberfaden da lag, und von dem kein Ton in die Höhe und durch die stille Einsamkeit hinaufdrang. Peter sah sich wild in der Gegend um, und schaute hinunter, und stieg beherzt und ohne zu wanken auf den äußersten Stein der Klippe, und beugte sich nach dem Thal hinüber. Der Alte schrie laut auf, und warf sich vor Schwindel auf den Boden, da er die menschliche Gestalt so abgerissen hoch oben hängen sah. Peter mußte zu ihm kommen, und sie traten den Rückweg an.

Du gefällst mir gar nicht, fing der Alte nach einigem Stillschweigen an; ich habe Dich hieher gebracht, um zu sehen, wie sich Dein Geist bei'm Anblick der unermeßlichen Natur äußern würde. Der Schüchterne, der vor den schwindlichten Tiefen und vor der Allmacht der weitliegenden Welt zurückbebt, der zittert, da er die großen Glieder der Muttererde gewahr wird, ist nicht für den Ruhm gemacht. Aber wessen Auge hier glänzt, wessen Herz sich hier erhebt, und der sich und alle seine Kräfte zuerst hier kennen lernt, der ist ein Mann; er wird seine Größe und seinen Ruhm ertragen können, doch muß er auch seine Menschlichkeit fühlen und mit Ehrfurcht vor der Hoheit der Welt dastehn, sich nicht vermessen und über seine eigne Kleinheit hinwegsehen; ein solcher, der nie schwindelt, ist frech, aber nicht muthig; für ihn ist es nichts Großes, die Gefahr zu verachten, da er sie durchaus nicht fürchten kann. – Nein, Ritter, Ihr werdet tapfer seyn, aber nie erhaben, Eure Feinde aus dem Felde schlagen, aber sie nie besiegen. Euer Verdienst und Euer Glück sind so unzertrennlich, daß kein Auge sie von einander sondern kann.

Siebentes Kapitel

Der Kopf

Unter solchen weisen Gesprächen hatten sie den Weg zurückgelegt, und Bernard bestellte den Ritter in der künftigen Woche wieder auf denselben Platz im Walde; dann zeigte er ihm den Weg nach seinem Schlosse.

Peter kam mit vielen neuen Gedanken auf seiner Burg an, er überdachte sein künftiges Schicksal, das er sich selber ausgewählt hatte. Er überlegte, ob er sich auch die rechten Loose ausgesucht habe, und war doch mit sich selber unzufrieden, wie denn der Mensch nie mit seinem Schicksale zufrieden ist, es mag ihn unvermuthet treffen, oder er mag es vorher wissen. Er ließ alle Güter des Lebens vor sich vorübergehn, und verwünschte am Ende die wunderliche Einrichtung des menschlichen

Verhängnisses, daß es dem armen Menschen nicht gegönnt sey, Alles durch einander und zu gleicher Zeit zu genießen.

Er war sehr unruhig und wartete mit vieler Sehnsucht auf den Tag, an welchem er den alten Bernard wiedersehn sollte; denn dieser hatte ihm versprochen, ihn zu der wunderbaren Frau zu führen, die eigentlich die Zügel seines Verhängnisses lenke. Er machte tausend Plane, er wünschte nichts so sehnlich herbei, als die Zukunft, um seine Feinde besiegt zu sehn, sein Gebiet vergrößert, seine Reichthümer vermehrt und seinen Ruhm durch das Land ausgebreitet. Wie viel Bilder entwickelten sich aus seinem Gehirne! Er vergaß in seinen Aussichten sein ganzes gegenwärtiges Leben.

Endlich erschien der bestimmte Tag. Ohne Begleiter ging er wieder nach dem Waldplatze, und fand schon den alten Bernard, der unter einer Eiche saß und auf ihn wartete. Sie gingen stillschweigend neben einander hin, und Peter war auf etwas Großes und Seltsames gespannt.

Sie verließen bald den großen Weg und gingen durch ein einsames Felsengewinde; sie kamen in eine Gegend, in der Peter noch nie gewesen war, steile Hügel lagen umher, einzeln Gesträuch war wild und unordentlich dazwischen gewachsen, kein Fußsteig führte durch das Labyrinth und man hatte keine Aussicht umher, sondern ging immer zwischen den Felsen hindurch, bald wie durch kleine Grotten und Hallen, bald stieg man wieder empor, bald senkte sich der Weg.

Jetzt standen die Wanderer vor einer schwarzen Felsenmauer, vor der ein zottiger großer Hund lag und Wache zu halten schien. Bernard näherte sich, sprach einige unverständliche Worte und schmeichelte ihm, worauf sich der Hund freundlich spielend zur Erde niederwarf und aus Lustigkeit seinen schwarzen Pelz durcheinander schüttelte. Dann rührte der Alte die Felsenwand an und plötzlich zeigte sich dicht über dem Boden eine kleine Oeffnung; Bernard stieg hinein und Peter mußte ihm folgen.

Wie auf Stufen stieg man inwendig in die Dunkelheit des Felsens hinab, der Weg war naß und schlüpfrig und Peter hielt sich an dem kalten vorragenden Gestein in der Höhlung. Nach einer langen Wanderschaft standen sie in einem großen, geräumigen Saal, der aus Kristallen, Muscheln und glänzenden Steinen zusammengesetzt war; ein ungewisses röthliches Licht schimmerte herein und belebte die wunderbaren Gestalten der Felsen und Mauern, man konnte keine Oeffnung entdecken, durch die der Lichtstrahl in diesen unterirdischen Dom herunterzitterte. Wie kleine Quellen lief es die Wände hinab und unter dem Fußboden hinweg und dadurch erklang ein seltsames Getön, wie Harfensaiten, die vom Winde angerührt werden. Der singende Regen goß sich von allen Wänden herab und verschwand im Boden. Das unbegreifliche Licht und die wunderlichen Töne machten auf den Ritter einen seltsamen Eindruck.

Nach einer kurzen Ruhe ging Bernard weiter. Die Höhle schien weiter keine Oeffnung zu haben, und doch entdeckte sich jetzt ein Gang im Hintergrunde, der unermeßlich schien und ohne Gränzen, als Peter näher trat. Eine sonderbare Finsterniß, durch die einzelne Lichtstrahlen zuckten, blendete ihn, und er konnte nur tappend, langsam und mit Mühe seinen Weg fortsetzen.

Plötzlich war es, als wenn er Wälder rauschen hörte, als wenn feine Stimmen von oben hereinfielen. Bernard stand still und sagte, daß es nichts als der Klang der Luft sey, die in solchen Tönen durch die unterirdischen Gemächer ziehe. Sie stiegen nun auf breiten Stufen aufwärts und traten in ein großes Gemach, das schöner als das erste mit Kristallen und Steinen ausgelegt war. Das Licht fiel durch eine große Glasthür, durch die man Felsen und blinkendes Gestein und nasses Moos wahrnahm. Peter war von der seltsamen Wanderung ganz betäubt, ihn setzte nichts mehr in Erstaunen, er überließ sich ganz seinem Führer und den Eindrücken der Gegenstände.

Wir müssen nur die Hausfrau aufsuchen, sagte Bernard und trat aus der Glasthür heraus. Peter folgte ihm. Die Felsenwand lag hoch und kraus dicht vor ihnen, sie stiegen zwischen den Steinen hinauf und standen nun in einem wunderlichen Thale, das von beiden Seiten mit schroffen, unermeßlich hohen Felsenwänden eingefaßt war, die blendend weiß da standen, und zwischen denen die Sonne herunterschien. Ein einsamer

Wind wehte dazwischen und die großen Eichenwälder oben sahen von unten aus, wie kleines, kaum bemerkbares Moos, das grünlich auf dem Rande der Mauer schimmerte. Bernard zog ein Birkenblatt aus der Tasche und pfiff darauf so laut, daß der schneidende Ton kreischend durch das Thal hinlief und sechsfach wiederhallte. Plötzlich, ohne daß man begreifen konnte, wo sie her kam, stand eine kleine, eingeschrumpfte, weißliche Figur vor ihnen, die sie freundlich grüßte und mit ihnen in das Gemach zurückstieg. Sie setzte sich in eine Nische und nahm eine Art von Scepter in die Hand. Was wollt Ihr? fragte sie dann mit einem schnarrenden Tone.

Bernard erzählte ihr nun, daß der vor ihr stehende junge Ritter *Peter Berner* sey, den sie schon immer geliebt habe und daß er sich jetzt den weiten und beschwerlichen Weg nicht habe verdrießen lassen, um sie näher kennen zu lernen. Die Alte wurde mit jedem Worte freundlicher, sie lobte den Ritter und versprach ihm viel Glück. Sie erzählte, daß sie eben jetzt auf der Jagd gewesen sey, die sie am meisten vergnüge, so theurer Gesellschaft wegen aber wolle sie ihren lustigen Zeitvertreib gerne aufschieben.

Peter dankte auf eine so galante Weise, als es ihm nur möglich war, er sagte ihr Schmeicheleien über ihre Schönheit, ihre vortreffliche Wohnung, über ihre Art sich auszudrücken, und die freundliche Alte war mit Allem sehr zufrieden. Sie sagte endlich: Aber wir wollen nur auf das eigentliche Thema unserer Rede kommen. Ich habe Euch, Ritter, nämlich rufen lassen, um Euch noch glücklicher zu machen. Ihr seyd tapfer und brav, aber es mangelt Euch Weisheit und Verstand; Euer Kopf ist geschickt, den Helm zu tragen und manchen Schwertstreich des Feindes auszuhalten, aber nicht klugen Rath zu ersinnen, und deswegen muß ich Euch darin beistehn. Ihr seyd jetzt jung und es steht vorauszusehen, daß Ihr mit den zunehmenden Jahren immer dummer werdet, denn Ihr habt eine unvergleichliche Anlage dazu.

Peter war im Begriff, böse zu werden, er nahm sich aber noch zusammen, um zu sehn, was aus dem Allen folgen würde.

Ihr habt Euch darum, fuhr die Alte fort, so ganz ohne Vernunft ein höchst elendes Unglück ausgesucht, und blos deswegen muß nun Euer ganzes Schicksal eine andre Richtung nehmen. Damit Ihr also in Zukunft nicht ähnliche Streiche macht, muß ich Euch einen Freund mitgeben, der für Euch denkt, da Euch diese Arbeit zu beschwerlich wird.

Sie schlug mit ihrem Stabe an die Wand, und sie that sich auf, wie ein Schrank. Bedächtig nahm sie einen kleinen bleiernen Kopf heraus und gab ihn Petern, der ihn mit Erstaunen betrachtete. Der soll Euch rathen, sagte die Alte; fragt ihn, so oft Ihr wollt, er wird der Antwort wegen nie in Verlegenheit seyn; er weiß immer vorher, was Ihr im Kriege zu thun oder zu lassen habt, er kennt jede Gefahr; hört daher auf seinen Rath und laßt ihn vor allen Dingen ein eignes verschlossenes Zimmer bewohnen, damit er nicht von Narren gestört und so sein Verstand unnöthigerweise verschwendet werde. Nehmt diesen goldenen Schlüssel; damit könnt Ihr die Thür verschließen, wo er wohnt, und wenn Ihr damit den Kopf berührt, wird er antworten.

Peter betrachtete den bleiernen Kopf genau und glaubte etwas Moquantes in seiner Physiognomie zu bemerken. Die Alte aber sagte, er solle sich dadurch nicht irre machen lassen, diesen spöttischen Zug hätten alle kluge Leute. Peter bedankte sich für den erhaltenen bleiernen Staatsminister und versprach, ihn in großen Ehren zu halten, ihn auch nicht gar zu oft um Rath zu fragen, damit sich sein Verstand nicht etwa abnütze. Die Alte entließ ihn hierauf sehr gnädig.

Er trat mit seinem Führer, der indessen kein Wort gesprochen hatte, den Rückweg an; Beide waren stumm und Peter war nur besorgt, seinen rathschlagenden Kopf gesund und wohlbehalten aus den engen Felsengewinden herauszubringen. Der Rückweg war fast noch beschwerlicher, als der Hinweg; sie kamen endlich tappend und stolpernd in das klingende Gewölbe, und von da gingen sie die schmale und schlüpfrige Steintreppe hinauf. Endlich mußten sie still halten. Bernard klopfte laut an die Mauer; eine unfreundliche Stimme fragte: Wer da? Gut Freund, sagte der Führer, und der Hund, der die Stimme kannte, eröffnete den Felsen.

Sie standen wieder im Freien, der Hund war vergnügt, und nachdem ihm Bernard lange geschmeichelt hatte, brachte er den Ritter wieder nach dem Platz im Walde, wo sie sich getroffen hatten. Sie nahmen zärtlichen Abschied und Peter ging auf sein Schloß zurück.

Achtes Kapitel
Mechthilde

Peter betrachtete seinen bleiernen Kopf genauer und konnte immer noch nicht begreifen, wie ein so kleines unscheinbares Ding guten Rath ertheilen könne. Er wußte nicht, ob ihn Bernard und die Fee um die Wette foppten, oder ob wirklich etwas an den vorgegebenen Dingen sey. Indem er den Kopf genauer betrachtete, setzte ihn der kluge Blick und der spöttische Zug um den Mund gewissermaßen in Verlegenheit; er stellte daher den Kopf auf einen Tisch und fuhr dann in seinem Nachdenken fort.

Sollte man nicht, sagte er zu sich selber, manchmal glauben, man träume? Wahrhaftig, ich wäre jetzt im Stande, alle Feen- und Geistergeschichten zu glauben; denn wenn ich die Sache nur etwas genau überlege, so giebt es im Grunde gar keinen Aberglauben. Wer darf an den alten Orakeln zweifeln, wenn ich sogar einen bleiernen Kopf vor mir sehe, der mit einer zuversichtlichen Miene da steht und im Rathertheilen vielleicht seines Gleichen sucht.

Er ließ nun ein schönes Zimmer aufputzen, dem seinigen gegen über, das diesem Kopfe zur Wohnung bestimmt war. Er stellte ihn hier in einen schönen Schrank, und ging zu wiederholtenmalen hin, um ihm den Schlüssel anzulegen und sich Rath ertheilen zu lassen. Der Kopf gab ihm zuerst den Rath, sich eine Haushälterin zu suchen, die seiner Wirthschaft vorstehen könnte, damit er lieber von einer Person, als von vielen Knechten betrogen würde; denn, schloß der bleierne Kopf, der Betrug, den man von einem Einzigen leidet, ist kaum noch Betrug zu nennen;

nehmen sich aber im Hauswesen Viele dieses nöthigen Geschäftes an, so geht darüber die gute Ordnung zu Grunde.

Peter erstaunte nicht wenig über die Weisheit des Kopfes und folgte sogleich seinem Rathe. Er reiste im Lande umher und fand endlich ein Mädchen, das ihm gefiel. Sie hieß *Mechthilde* und war nicht mehr jung, und eben deswegen traute ihr der Ritter mehr Verstand und Erfahrung zu. Außerdem gefiel ihm ihre Schönheit, denn sie hatte schwarze, sehr lebhafte Augen, ihr Betragen war sehr gefällig und munter, so daß Peter sehr von ihr eingenommen ward. Sie schlossen den Vertrag und Peter nahm Mechthilden als Haushälterin mit auf sein Schloß.

Der Ritter glaubte, man könne einen guten Rath dadurch am bequemsten noch besser machen, daß man von seiner eigenen Klugheit etwas hinzuthue und so die fremde Weisheit mit eigener Vernunft beschlage. Aus dieser Ursache verliebte er sich sehr bald in Mechthilden, theils damit sie ihn dann um so weniger betrügen möchte, und zweitens, um eine Frau zu sparen. Auf diesem Wege dachte er am bequemsten dem geweissagten Unglücke mit den Weibern zu entgehen. Mechthilde war auch dem Ritter nicht abgeneigt, denn sie sah ein, daß er ein junger, unerfahrner Mensch sey, und daher glaubte sie, würde es ihr leicht werden, ihn zu beherrschen. Peter wollte Mechthilden nicht heirathen, damit nicht schon mit ihr sein Weiberunglück anhebe; sie hatte einen eben so starken Widerwillen gegen die Ehe, weil sie gern ihre Freiheit behalten wollte, und so kamen denn Beide endlich dahin überein, daß sie als seine geliebte Haushälterin oder seine haushälterische Geliebte bei ihm blieb. Peter setzte sein ganzes Vertrauen auf sie und bekümmerte sich seit der Zeit gar nicht um die Hauswirthschaft, so daß Mechthilde nach kurzer Zeit die eigentliche Gebieterin in der Burg wurde.

Ohngeachtet ihr Peter Alles vertraut hatte, so hatte er ihr doch das Geheimniß mit dem bleiernen Kopfe verschwiegen, weil er gern Etwas für sich behalten wollte, was er nur allein wüßte; er ging aber fleißig in die Kammer und fragte seinen Freund heimlich um Rath, und richtete nach seiner Meinung alle seine kleinen Fehden und Kriege ein. Er besiegte seine Nachbarn in allen Zweikämpfen, alle Fehden gingen ihm glücklich von der Hand, so daß er wohl einsah, sein bleierner Kopf sey nicht zu verachten.

Um die Zeit wurde ihm von einem sehr reichen und mächtigen Ritter eine Fehde angekündigt. Peter ging in seine Rathsstube und hörte, was der Kopf dazu sagen würde. Dieser prophezeiete ihm alles Glück, nur schloß er seine Weissagung damit, er möchte nach geendigter Fehde schnell zurückkehren, weil er sonst in seinem eigenen Hause ein großes Unglück erleben könnte. Der Ritter versprach diesen guten Rath zu befolgen, versammelte alle seine Knechte und Reisigen und machte sich fertig, sein Schloß zu verlassen. Er hatte Mechthilden immer die Schlüssel zu allen Zimmern übergeben, ihr aber noch nie den goldenen Schlüssel anvertraut; heute aber hielt er es für unedel, gegen seine Geliebte mißtrauisch zu seyn; er übergab ihr daher auch diesen Schlüssel, verbot ihr aber bei seinem Zorn und bei seiner Ungnade, dieses Zimmer zu betreten. Mechthilde versprach es ihm feierlich, und der junge Peter reiste mit großer Zufriedenheit ab.

Indem sich Peter mit seinen Feinden herumschlug, untersuchte Mechthilde alle Zimmer der Burg, sie besann sich nicht lange, sondern ging auch in das Gemach, das zu besuchen ihr so strenge verboten war. Sie sah nichts Merkwürdiges im ganzen Zimmer und wunderte sich über die Thorheit des Ritters, der mit diesem Zimmer gerade so geheim gethan hatte. Als sie sich genauer umsah, fand sie den Schrank mit dem kleinen bleiernen Kopfe. Die Sache kam ihr bedenklich vor, und sie betrachtete den Kopf sehr genau; es war im Zimmer etwas dämmerig, und sie wußte daher nicht, ob sie ihren Augen trauen solle, als es ihr vorkam, als wenn der Kopf seine Mienen veränderte. Sie hielt den goldenen Schlüssel in der Hand und legte ihn durch einen Zufall an den Kopf, indem sie fragte: Ich möchte doch wohl wissen, was der Ritter mit diesem kindischen Spielzeuge macht. – Er fragt mich um Rath, antwortete der Kopf sehr behende, denn ich weiß Alles und von mir ist viel zu lernen!

Mechthilde erschrak erst ein wenig; doch begriff sie bald das ganze Geheimniß. Sie wollte diese Entdeckung nicht ohne Nutzen gemacht haben, und fragte deswegen den kleinen Wahrsager nach ihrer Familie, nach der Zukunft, ob sie heirathen sollte und dergleichen, so daß der Kopf genug zu thun hatte, um nur die passenden Antworten hervorzubringen. Mechthilde vergaß über diese unterhaltende Conversation Mittags- und Abendessen, sie schloß sich in dem Zimmer ein und schöpfte unermüdet die geheimnißreiche Weisheit. Da sie merkte, daß der Kopf sehr gründliche Kenntnisse hatte, so ließ sie sich auch am Oberflächlichen nicht genügen, sondern fragte immer weiter nach und brachte es, als es gegen Mitternacht kam, dahin, daß sie klüger war, als ihr Lehrer. Ihr ging am Ende selbst der Kopf von dem wunderlichen Zeuge herum, ihr Geist, der plötzlich so gewachsen war, fühlte sich in ihrem Körper zu beengt, aber sie hörte doch nicht eher auf, sich zu unterrichten, bis ihr Lehrer nicht mehr zu antworten wußte und bei allen Fragen stumm blieb, so daß sie wohl merken konnte, er habe sich nun mit seiner Weisheit erschöpft. Es war diesem Lehrmeister so gegangen, wie manchem Liebhaber, der sich gegen seine Geliebte ausgesprochen hat und kein Wort mehr zu sagen weiß, so daß Beiden nachher nothwendig die Zeit lang werden muß. Mechthilde legte sich nun schlafen und war in allen geheimen Künsten der Zauberei, so wie der Weltweisheit, wohl erfahren.

Am folgenden Tage kehrte der Ritter zurück; schon seit drei Tagen war der Feind aus dem Felde geschlagen, und er hatte sich nur noch auf dem Schlosse eines guten Freundes verweilt, wo er ein Fräulein hatte kennen lernen, das ihn die Rückkehr fast ganz hatte vergessen machen. Jetzt kam er wieder, um sich bei seinem Kopfe Raths zu erholen, ob er sie heirathen sollte, oder nicht. Er ging daher sogleich in das Zimmer, legte den Schlüssel an den Kopf und ihm die Frage vor. Er erstaunte nicht wenig, als der Kopf gar kein Zeichen des Lebens und Verstandes an sich spüren ließ, sondern ganz stumm und kaltsinnig die Frage anhörte. Er schlug mit der Wünschelruthe des Schlüssels an, aber vergebens; er wurde zornig und hielt den Kopf für tückisch und verstockt, daß er nur aus Eigensinn nicht antworten wollte, er berührte und schlug ihn daher mit dem Schlüssel ziemlich unsanft, aber Alles war umsonst. Er faßte endlich den Verdacht, daß Mechthilde ihm den Kopf möchte verdorben haben, da er sich überdies erinnerte, daß ihn die unterirdische Fee gewarnt hatte, nicht zu viel zu fragen, weil sich das Orakel sonst leicht erschöpfen möchte.

O, dies ist, rief er, das Unglück, vor dem mich der Kopf selber gewarnt hat! Nun ist es zu spät und ich bin verloren.

Er stürmte auf Mechthilden zu, die seine Wuth wohl vermuthet hatte. Nichtswürdige! schrie er heftig, schaff mir meinen Verstand, schaff mir meinen Rathgeber wieder! Seine Einsicht ist jetzt fort, er weiß kein einziges Wort mehr vorzubringen.

Er zog den Degen, um die Haushälterin zu tödten; Mechthilde fiel ihm zu Füßen. Warum bist Du in das verbotene Zimmer gegangen? schrie er laut.

Mechthilde bat um Gnade und versprach, es niemals wieder zu thun; doch damit war dem Ritter wenig geholfen. Er wollte ihr ohne weitere Umstände den Kopf abhauen, da sie ihn nur noch um eine kleine Geduld ersuchte.

Warum habt Ihr mich, sprach sie, so in Versuchung geführt? Wenn ich nicht hätte neugierig seyn sollen, so hättet Ihr mir auch keine Veranlassung zur Neugier geben müssen. Was kann ich dafür, daß ich so eingerichtet bin, wie es alle Frauenzimmer sind? Ihr selbst seyd jetzt an Eurem Unglücke Schuld. Konntet Ihr nicht Euren verwünschten Schlüssel behalten? Warum mußtet Ihr ihn denn mir in die Hände geben?

Weil ich Dir traute, sagte Peter.

Ihr hättet mir nicht trauen sollen, antwortete Mechthilde. Daß Weiber nicht neugierig seyn sollten, ist eben so unmöglich, als daß die Sonne kein Licht verleiht, daß der Tiger nicht auf Raub ausgeht, daß auf heute nicht Morgen folgen sollte, oder daß Ihr einen Schimpf, den man Eurer Ehre anthut, geduldig einstecken könntet.

Also ist es Eure Natur so? fragte Peter besänftigter.

Allerdings! Und darum muß uns jeder vernünftige Mensch auch diese Neugier zutrauen. Wer aber seinen ganzen Verstand in einen bleiernen

Kopf eingeschlossen hat, der verdient es freilich auch, daß er übel anläuft, und darum ist Euch in so weit ganz recht geschehn.

So verwünsch' ich Euer ganzes Geschlecht! rief Peter in der höchsten Wuth aus; so seyd Ihr nicht werth, daß Euch die Erde trägt, und ist es eine Wohlthat für alle Männer, Euch auszurotten. Ich will keiner von Euch mehr trauen, ich will so viele abstrafen, als mein Schwert nur erreichen kann, und mit Dir will ich den Anfang machen.

Mechthilde sagte ganz gelassen: Gebt Euch keine Mühe, denn dagegen habe ich eben von Euerm Kopfe Hülfsmittel gelernt. Wenn Ihr nicht mein guter Freund bleiben wollt, so weiß ich Euch wohl noch zu strafen.

Hiemit berührte sie seinen Arm, und Peter fühlte sich augenblicklich so ohnmächtig, daß er das Schwert fallen lassen mußte. Er sah Mechthilden verwundernd an, die über ihn lachte und sagte: Seht, Euer Kopf hat mich sehr gute Künste gelehrt; ich denke, wir versöhnen uns wieder.

Peter ging nachdenkend in sein Zimmer; er sah ein, daß mit Mechthilden nichts anzufangen sey, that sich aber selber den Schwur, sich dafür am ganzen weiblichen Geschlechte zu rächen.

Neuntes Kapitel

Ein zweiter Besuch bei der Fee

Peter war nun in der größten Unruhe, weil er durchaus nicht wußte, was er thun sollte, da sein Kopf ihm die Dienste aufgekündigt hatte. Er ging hin und her, bald durch die Zimmer des Schlosses, bald in den nahen Wald, und getraute sich nicht, irgend etwas zu unternehmen, weil ihm der gute Rath gänzlich mangelte. Er hoffte irgend einmal auf den alten Bernard zu stoßen; aber so oft er auch in die dunkeln, abgelegenen Büsche hineinging, kam dieser treue Freund doch niemals auf ihn zu. Bernard beschäftigte sich eben damit, den Plan recht zu überdenken, wie der Lebenslauf seines Lieblings verständig einzurichten wäre, und darüber vernachlässigte er den Ritter in dieser mißlichen Situation.

Peter lief oft verzweifelt nach jener Richtung, um den Felsenweg wieder zu finden, auf dem ihn Bernard zur unterirdischen Wohnung der Fee geführt hatte, aber er konnte auch keine Spur dieses Weges entdecken.

An einem heißen Nachmittage durchstrich er das Feld, und kam endlich an einen Wald. Er ging hinein, um der Hitze zu entfliehen und sich im Schatten abzukühlen. Er hatte den erschöpften und nunmehr unverständigen Kopf mitgenommen, und setzte sich unter einen Baum, indem er ihn genau betrachtete. Wie behende, sprach er dann wehklagend zu sich selber, ist nicht die Veränderung in dieser Welt? Worauf soll man sich noch verlassen, wenn selbst Klugheit und Einsicht nichts Selbstbeständiges sind? Worauf soll sich der schwache, leicht veränderliche und Krankheiten unterworfene Mensch stützen, wenn es selbst dem Bleie nicht gegeben ist, die jugendliche Kraft der Phantasie, die frische Thätigkeit des Geistes zu behalten? Meinem Freunde hier waren nun die Nerven auf die Dauer gearbeitet, und doch muß er der Zerstörung der Zeit nachgeben; dennoch hat er sich überspannt, und muß vielleicht ein Bad und eine Stahlkur gebrauchen. O man tadle doch ja nicht mehr unsere alten abgelebten Dichter und Gelehrten, wenn es selbst den leblosen Dingen so geht. Es ist schlimm, daß die Vernunft sich eben so gut, wie jede andre Maschine, durch den Gebrauch abnutzt und der arme Mensch das Nachsehn hat; daß die Dummheit in uns wuchert und den Weizen gar zu leicht erstickt.

Solch Wehklagen trieb Ritter Peter, indem er seinen theuern Rathgeber mit heißen Thränen benetzte und die Augen gar nicht von ihm abwenden konnte. Er stand auf und irrte durch den Wald; bald wählte er diesen Fußsteig, bald jenen, und so geschah es endlich, daß er sich nicht wieder aus dem Labyrinthe der Eichen zurückfinden konnte.

Die Hitze war indessen vorüber, die kühlen Winde des Abends rauschten durch die Blätter. Peter verlor nun auch den Fußsteig, und mußte sich durch die dicht verwachsenen jungen Bäume drängen. Endlich erreichte er das Ende des Waldes, und die Sonne ging eben unter. Er stand auf einem Felsen, und vor ihm war eine tiefe, unabsehliche Bucht gerissen; die Strahlen des Abendroths fielen hinein auf die tausend

Klippen und Felsenhügel, und dann auf die schroffe Wand, die roth erglänzte und einen Wiederschein auf die dicht gegenüber stehende Felsenmauer warf. Der Wind ging in furchtbaren Tönen durch diese Kluft, und Peter setzte sich nieder und sah schwindelnd in den unermeßlichen Abgrund hinein.

Warum ist nun der alte Bernard nicht hier? dachte er bei sich selber. Nun schwindelt mir, so wie er es verlangt, und er würde mit mir zufrieden seyn.

Indem er noch hinuntersah, war es ihm, als wenn er die Gegend kennte, und nach einigem Nachdenken glaubte er, daß es die tiefe Schluft seyn müsse, in der die unterirdische Zauberin wohne. Je länger er den Abgrund betrachtete, je deutlicher ward ihm die Erinnerung, und er dankte endlich dem glücklichen Zufall und beschloß, in die Kluft hinabzusteigen. Wenn er die unermeßliche Höhe betrachtete, so grauete ihm innerlich, wenn er aber daran dachte, daß dadurch sein Kopf vielleicht wieder hergestellt werden könne, wenn er die alte Zauberin anträfe, so wurde sein Muth wieder fest, und er entschloß sich, den Versuch zu wagen.

Er fing also an, behutsam hinabzuklettern, indem er bald hinuntergleitete, bald von einer Klippe zur andern sprang, bald Fuß für Fuß auf den schlüpfrigen, steilen Abhang setzte. Als er schon eine Weile mit Gefahr seines Lebens geklettert war, hörte er Jemand oben, der aus vollem Halse schrie. Er sah hoch über sich, und Bernard stand auf der äußersten Klippe, und winkte ihn mit gewaltsamen Bewegungen zurück. Peter schüttelte stillschweigend mit dem Kopfe und senkte sich immer tiefer hinab, indeß Bernard oben ein Angstgeheul erhob, indem er seinen Liebling zwischen den Felsen hängen sah. Am Ende hörte Peter nicht mehr die Stimme seines Lehrers, das Licht nahm ab, und in der Dämmerung konnte er seinen Weg kaum mehr sehn.

Er stand nun auf einem schmalen Steine still, und konnte nicht vorwärts und auch nicht zurück. Er wußte nicht, was er thun sollte, und bedachte sich lange, indem es noch finsterer wurde; nun erst vermißte er recht lebhaft seinen rathgebenden Kopf.

Er sah aber ein, daß er sich doch zu irgend etwas entschließen müsse, denn die Nacht ward immer finsterer, zurück konnte er nicht, folglich mußte er suchen, vorwärts zu gehen, so gut es sich wollte thun lassen. Er überließ sich also dem blinden Ohngefähr, gleitete hinab, und trat bald auf spitzige Steine, bald fuhr er wieder tiefer nieder, und so stand er endlich nach einer langen und unbequemen Reise unten auf dem Boden des Abgrunds.

Die finstre Nacht war indeß heraufgezogen, hell funkelten die Sterne am Himmel, und Peter stand unten und war in Verzweiflung, denn er wußte nicht, was er nun thun solle. Er sah die schroffen Felsenwände hinauf, und gab auf die Töne Acht, die in die verworrene Felsenwüstniß hinabfielen; ihm graute in der Einsamkeit und von den abenteuerlichsten Gestalten umgeben. Er wußte nicht, wo er die Wohnung der Fee suchen sollte, ja er wurde endlich ungewiß, ob er sich nicht gänzlich in seinen Muthmaßungen geirrt habe. Eulen und Fledermäuse flogen über seinem Haupte hinweg, und schwirrten mit traurigen Tönen durch die traurige Gegend. Peter tappte an den Felsen umher, um irgendwo einen Ausgang zu entdecken. Ein leiser Gesang erklang durch die Finsterniß:

In Gärten, im Feld,
Fernab in der Welt,
Stehn Blumen und lächeln
Und Westwinde fächeln
Durch Rosen und Nelken,
Die eilig verwelken,
Und wieder entstehen,
Und wieder vergehen.
Das blumige Land
Mir unbekannt.

So sitz' ich und spinne
Und webe und sinne,
Die Zukunft zu finden,
Die Nacht zu ergründen.

Im wüsten Felsenland
Von Niemand gekannt.

Nacht und einsamer Wind
Meine Gesellschafter sind.

Die wunderbaren Töne waren für den Ritter eine Erquickung; er ging dem Schalle nach. Er stieg einige Felsenstufen hinauf und wieder hinab, und stand nun wirklich vor der großen gläsernen Thür, die in das Gemach der Zauberin führte.

Er sah in die abenteuerliche Grotte hinein, die von einer kleinen schwachen Lampe erhellt wurde, welche in der Mitte des Gewölbes hing. Die Alte saß in einer Ecke des Gemachs in tiefen Gedanken, vor ihr stand ein Spinnrad, das sich von selbst drehte. Um den Schein des Lichtes sumsten in dichten Kreisen Nachtschmetterlinge, und erfüllten mit ihrem Getöne das Gemach. Peter klopfte an die Thür und ging dann hinein. Die Alte wunderte sich anfänglich, ward aber bald wieder freundlich, indem sie den Ritter erkannte; er mußte sich niedersetzen und ihr die Ursach seines unerwarteten Besuchs erzählen.

Seht, sagte Peter, ich bin ein Mann, schlecht und recht, und Keiner soll mir nachsagen, daß ich krumme Wege gehe, den Weg ausgenommen, den ich heute zu Euch hieher gemacht habe. Doch was thut man nicht, um Euch nur wieder zu sehn? Euer Rathgeber aber, den Ihr mir so gütig mittheiltet, ist hin, völlig abgedankt ist er; er hat jetzt weit weniger Verstand, als ich, so daß ich ihn gewiß richtig beurtheilen kann.

Er erzählte ihr hierauf sein Unglück mit Mechthilden, und die Fee hatte großes Mitleiden mit ihm. Wir wollen sehn, antwortete sie, wie wir ihn wieder herstellen können, ruht indessen aus und nehmt mit dem vorlieb, was mein armes Haus vermag. Es ist jetzt gerade die schlimmste Jahreszeit, man kann hier nichts bekommen, Ihr müßt den Willen für die That nehmen.

Sogleich erschien ein Tisch, reichlich mit Speisen von aller Art besetzt, dazwischen standen Pokale mit dem besten Weine angefüllt. Peter aß und trank; bei dieser Beschäftigung vergaß er bald seine beschwerliche Reise, an den Rückweg dachte er gar nicht.

Als er sich mit Speise und Trank erquickt hatte, verschwand der Tisch wieder, und auf einen Wink der Fee erscholl eine äußerst liebliche Musik, die wie ein Wohlgeruch durch das Gemach zog, und leise an den Felsenwänden klang. Euch zu Ehren, sagte die Alte. will ich Euch auch ein kleines Fest geben, Turnier und Ritterspiel, so gut es sich in der Eile veranstalten läßt; Ihr werdet selbst wissen, daß zu solchen Feierlichkeiten Zeit gehört.

In demselben Augenblick sah man Schranken und eine ebene Bahn, Alles wie zu einem Turniere zugerichtet. Etwas erhöht war ein prächtiger Söller, mit Teppichen behängt, für die vornehmsten Zuschauer. Auf den leisen, dröhnenden Schall einer Trompete entstand ein wunderbares Gewimmel, wie aus einem unkenntlichen Chaos entwickelten sich tausend und tausend Gestalten, die hieher und dorthin sprangen und ein verwirrtes Geschrei durch einander erhoben. Einzelne Haufen glichen den Heuschrecken, andre den Wieseln und Mäusen; dann erhob sich eine Katze, die mit aufgerecktem Buckel über die Andern hinwegsah; in der Mitte des Getümmels nahm man zuweilen kleine Figuren wahr, ohngefähr so wie Menschen gebaut, die über die Uebrigen lachten. Vögel flatterten durch die Luft und schrien alle zugleich ihre mannigfaltigen Gesänge durch einander, und Jeder schien sich zu bestreben, das letzte Wort zu erhalten. Dem Ritter schwindelte, als er in dieses lebendige Gewimmel sah, das keine feste Gestalt bekam, sondern sich unaufhörlich veränderte. Ihm war, als wenn sich alle lächerliche Traumgestalten aus seinen Kinderjahren ihm jetzt sichtbar vor die Augen drängten, um die Schauspiele nun wirklich vor ihm auszuführen, die sie sonst nur in seiner Phantasie begonnen hatten.

Ihr seht hier, sagte die Fee, die neugierigen Zuschauer, aber sogleich wird das Fest selbst seinen Anfang nehmen.

Es erklang ein stärkerer Trompetenruf, und das Gewühl stand nun still; in den buntesten Reihen sah man die prunkvollste Versammlung, das ganze Thierreich und alle Insecten und Vögel standen geordnet neben einander. Viele sprachen mit einander, oder wiesen nach der Kampfbahn hin, noch Andre stritten, Einige waren ganz still und blos der Neugier ergeben.

Jetzt wurden die Schranken eröffnet, und auf einem stattlichen Hahn ritt ein rothgefleckter Papagei hinein, und stellte sich in die Mitte. Auf einem andern Streitroß kam ein blaugepanzerter Uhu, der seine Lanze gegen den muthigen Papagei schwenkte, sie trafen auf einander und der Uhu war aus dem Sattel gehoben. Trompeten und Pauken verkündigten den Sieg des schönen Ritters, und oben auf dem Altan sah man, wie sich die Versammlung der Prinzessinnen freute, lauter bunte Tauben, die gegen einander mit den Köpfen wackelten, und sich Bemerkungen über die kämpfenden Ritter mittheilten. Ein Specht ritt nun gegen den Papagei und ward ebenfalls überwunden, und so ging es eben auch einer Rohrdommel und zwei Rebhühnern; der rothe Papagei blieb unüberwindlich, und eine grünliche Taube oben vergoß häufige Freudenthränen.

Der Papagei blieb als Sieger übrig, und er erhielt den Dank des Turniers, der in einer schönen Schärpe bestand, aus hundert Schmetterlingsflügeln gewebt. Der Papagei senkte sich ehrfurchtsvoll auf ein Knie nieder, indeß ihm ein anderer Ritter dieses kostbare Geschenk um den Leib gürtete. Dann stand ein Hahn auf, der ein guter Barde war, und besang sein Lob in folgenden feurigen Versen:

Wessen Lob ist es, das die Sterne singen,
Von wem sprechen die künftigen Jahre und alle Zeiten?
Auf den Flügeln des Sturmwinds rauscht's daher
Und alle Völker horchen ehrfurchtsvoll.
Deinen Ruhm, Unüberwindlicher, singen
Sterne, Zeiten, Zukunft und Gegenwart,
Erden, Sonnen und tausend mal tausend Völker
Sprechen nur von dir, du bist der Rede einziger Inhalt.
Fielen nicht, rasch von deinem Arm getroffen,

Selbst die tapfersten Uhu's, Specht' und Sperber nieder?
Niemals hat die uralte Zeit, die seit lange
Denken kann, einen Mann, einen Helden gesehen,
Dir nur ähnlich.

Peters Sinne waren bezaubert. Die Figuren bewegten sich unaufhörlich, schienen zu reden und alle einen vernünftigen Sinn auszudrücken, und wenn er sich nur ein wenig besann, so schien ihm wieder Alles so unmöglich und erlogen, so kindisch und furchtbar zugleich, daß er in seinem ganzen Leben noch nie eine ähnliche Empfindung gespürt hatte. Denn wie in einem muntern Tanz stand hier die ganze Welt vor ihm, seine höchsten Wünsche flogen hier wie leichte Gespenster umher, Alles war albern, und führte eine ernste Meinung in sich, er fühlte es, daß er noch ein Kind sey, ob er gleich an Jahren zugenommen hatte.

Plötzlich verlief sich Alles wieder in die Dämmerung der Luft, und es blieb keine Spur von dem vorigen Schauspiele zurück.

Siehe, sagte die Fee, Dir zu Gefallen habe ich ein solches Spiel angestellt. Betrachte die lebendige wirkliche Welt, und es ist nichts anders. Ruhm und Unsterblichkeit ist auch nur ein Hahnengeschrei, das früh oder spät verschallt, das die Winde mit sich nehmen, und das dann untergeht. Alles will klingen und tönen auf seine Weise und rührt sich mit übermäßiger Emsigkeit, dann ist es aber bald vorbei, und eine unkenntliche Form bleibt zurück, und verschwindet nach und nach gänzlich. Und so fallen auch Schlösser und Berge ein, und der Mensch und die Natur arbeiten immer nur für den Anfang, immer bleiben sie bei'm Anfang stehn, und so wird man nichts als Vorsatz gewahr. Die Zukunft streift einst mit plumper, unbarmherziger Hand über Alles hinweg, und wischt es aus, wie eine unbedeutende, unrichtige Rechnung von einer Tafel; dann ist das verschwunden, was im Grunde nie war, und der leere Raum treibt mit der Vergessenheit da sein Spiel, wo sonst die irdischen Träume standen.

Sehr wahr, antwortete Peter, sehr wahr, aber auch eben so unverständlich. Indessen schadet das Unverständliche den Wahrheiten niemals, je dunkler sie sind, je besser kommen sie fort; sie wohnen gleich den Nachtigallen am liebsten in der Finsterniß, und so muß es mir denn auch schon recht seyn. Aber mit der Zauberei ist es denn doch wahrlich ein ganz gutes Ding, sie nutzt zu Allem, und wenn man nicht wüßte, daß es Zauberei wäre, so sollte man Alles so was kaum begreifen können. – Was fangen wir nun aber mit dem Kopfe an?

Wenn Ihr immer dankbar seyn wollt, antwortete die Fee, so will ich diesmal schon Rath schaffen. Wir müssen ihn vor's Erste trepaniren, damit es ihm nur wieder möglich gemacht wird, Verstand zu bekommen.

Sie bohrte darauf ein kleines Loch in den Kopf, dann holte sie ein Fläschchen aus einem Schranke, davon goß sie einen Tropfen hinein; ein kleiner blauer Funke erhob sich, und sank dann in den Kopf zurück, worauf die Alte die Oeffnung schnell mit etwas geschmolzenem Blei verschloß. Nun ist er wieder, sagte sie, so klug, als er nur je gewesen ist.

Ist es möglich? fragte Peter.

Sehr möglich, war die Antwort. Ihr glaubt gar nicht, welche Kleinigkeit der menschliche Verstand ist, und welche Nichtswürdigkeiten ihn veranlassen und zerstören. In dieser Flasche, die nur so groß ist, wie mein kleiner Finger, ist Verstand für zwanzig Collegien, für eben so viele Consistorien und funfzig naturforschende Gesellschaften. Ja, was sag' ich? dreihundert Generale mit ihren Auditeuren und Compagniefeldscheren, so wie eine halbe Welt voller Amtleute würden für Kinder und Kindeskinder daran genug haben.

So laßt es mich, sagte Peter, schnell austrinken, und König werden.

Nein, antwortete die bedächtige Fee, Ihr würdet Euch sehr schlecht darauf befinden, denn keinem Menschen ist so viel Verstand gesund. Behelft Euch lieber so, Ihr würdet Euch sonst nur bei einem Theologen, Philosophen und Doctor zugleich in die Cur verdingen müssen, um nur etwas wieder zu menschlichen Kräften zu kommen, Ihr könntet nicht Journale genug lesen, um wieder hergestellt zu werden, ja kaum Theatercritiken könnten Euch wieder etwas auf den rechten Weg lenken. Glaubt nur, daß diese Krankheit, am Verstande zu laboriren, die gefährlichste und unheilbarste sey. Ihr führt ein bequemeres und tugendhafteres Leben, wenn Ihr Euch gar nicht damit befaßt.

Peter dankte ihr für den guten Rath und versprach ihn zu befolgen; aber, schloß er seine Rede, gnädigste Frau Fee, nun habe ich noch eine unterthänigste Bitte.

Ihr habt nur zu befehlen, antwortete die Alte.

Nun, so seyd so gut, sagte Peter, und schafft mir einen tüchtigen, anständigen Bart. Die ältern Ritter spotten oft über mich, daß ich noch so wie ein Knabe herumlaufe, und mir bei aller meiner Tapferkeit noch immer dies äußere Zeichen der Männlichkeit fehlt. Glaubt mir nur, daß alle meine Thaten dadurch ihren besten Glanz verlieren, darum gebt meiner Bitte Gehör.

Ihr seyd nicht ganz weise, sagte die Alte, wie ich das schon längst an Euch bemerkt habe, sonst würdet Ihr nicht darum bitten. Ihr solltet dem Himmel danken, daß es Euch noch vergönnt ist, jung zu seyn, daß der Frühling von Euch noch nicht Abschied nimmt; wie könnt Ihr Euch schämen, jung, das heißt, glücklich zu seyn?

Das ist ganz gut, sagte Peter, nur etwas zu schwärmerisch und poetisch. Man achtet dann doch das Alter mehr, man bekömmt doch dann Weisheit und Verstand und das ist es, wonach ich jetzt unermüdet trachten will.

Dazu habt Ihr ja den Rathgeber, sagte die Fee mit einigem Unwillen, der wird für Euch denken, und Ihr braucht Euch daher nicht selbst mit einer so gemeinen Beschäftigung abzugeben. Seyd und bleibt noch einige Zeit ein Jüngling, das träge, langsame Alter schleicht doch heran, man weiß nicht wie. Ihr dürft ihm nicht noch muthwillig entgegengehn, darum ist es am besten, wenn Ihr meinen Rath befolgt.

Ich weiß nicht, rief Peter aus, was Ihr so sehr dagegen seyd, daß ich einen Bart tragen soll, es ist doch nun einmal mein Beruf, und je früher ich ihn antrete, je besser ist es für mich. Ich begreife überhaupt nicht, was Ihr am Alter auszusetzen findet, da Ihr doch selber so steinalt seyd.

Unverschämter Dummkopf! schrie die Fee mit einer kreischenden Stimme aus; ist es an Dir, mir meine Gebrechen vorzurücken? Ich finde ein Vergnügen daran, alt zu seyn, und folglich hat sich Niemand weiter darum zu bekümmern. Und wie alt bin ich denn? Immer noch nicht alt genug, um Dich wegen Deiner Lästerung umzubringen. Aber zur Strafe sollst Du doch nicht von mir gehn; Du hast einen Bart von mir verlangt, gut, Deine Bitte sey Dir gewährt.

Sie berührte hierauf mit ihren Fingern sein Kinn, und augenblicklich schoß ein langer spitziger Bart hervor, der sich unten in einer kleinen Welle endigte. Peter war schon im Begriff, mit dieser Strafe sehr zufrieden zu seyn, als er mit Erschrecken bemerkte, daß dieser Bart ganz blau sey, und er also schloß, daß dadurch sein Gesicht ein sehr wunderliches Ansehn bekommen müsse. Die alte Fee lachte laut auf, als er in dieser Gestalt vor ihr stand.

Wollt Ihr nun so gefällig seyn, sagte sie mit einem höhnischen Tone, Euch nach Hause zu bemühen, denn Ihr fangt sehr an, mir zur Last zu fallen. Ihr habt nun Weisheit und Verstand, wohin Euer lobenswürdiges Trachten gestanden hat; mit diesem schönen Bart im Gesicht werdet Ihr wohl nicht mehr darauf fallen, Euch Unglück mit Weibern zu wünschen. Ihr werdet nun nicht mehr einer Haushälterin Euer Glück anvertrauen und Euch so plump mit Eurer mächtigsten Beschützerin benehmen. Wenn ich dächte, wie manche Feen, so könnt' ich Euch in ein Einhorn, oder in irgend ein andres Ungeheuer verwandeln; aber dazu bin ich zu sanftmüthig; Ihr seyd gestraft genug, und da ich Euch wohl schwerlich wieder sehen werde, so wünsche ich Euch wohl zu leben.

Peter stand in der dummsten Unbefangenheit vor ihr, und wußte nicht, was er antworten sollte; sie aber öffnete ganz leise die Thüre der Grotte, und rieth ihm, denselben Weg zurück nach Hause zu gehn, den er einst mit Bernard gekommen sey, weil der andere über die Felsenmauer hinweg doch gar zu viele Unbequemlichkeit habe. Peter ging stumm zur Thür hinaus, und wußte noch immer nicht, was er that; er tappte mit den Händen an den feuchten Felsenwänden umher. So kam er wie träumend in das klingende Gemach, und suchte von dort den Weg zur Oberwelt.

Er kam endlich an die verschlossene Pforte und klopfte an; der wachhabende Hund fragte: Wer da? *Blaubart*, antwortete Peter im höchsten Grimme, und sogleich öffnete sich der Felsen, und der Hund trat ehrfurchtsvoll aus dem Wege, als wenn er sich in Demuth vor der vorübergehenden Gestalt neige. Peter ärgerte sich über den Hund, weil er diese Ergebenheit nur für Ironie hielt; er fragte daher: Warum gehst Du so von der Seite? Soll man nicht, antwortete der Pudel, seinen Respekt bezeigen, wenn man Weisheit und Verstand so handgreiflich wahrnimmt? Wahrlich, ein schöner Bart, fuhr er knurrend fort, und ein so vortreffliches ächtes Blau! wie einem das in die Augen funkelt! Wenn man auch sonst nicht neidisch ist, so könnte man es doch hier mit leichter Mühe werden. Tragt Ihr aber diesen kostbaren Bart für alle Tage? Nein, wahrlich, das wäre Schade, und nur eine unnütze Verschwendung.

Solche Spottreden hielt der Hund, und Peter verließ ihn, äußerst aufgebracht. Als er auf seinem Schlosse ankam, erschrak Mechthilde vor seiner Gestalt, einige Knechte lachten, keiner konnte aus dem Vorfalle klug werden.

Es geht mancher nach Wolle, und kommt geschoren wieder nach Hause, sagte Peter zu sich selber, und legte sich schlafen.

Zehntes Kapitel

Bernards Schmerz

Peter betrachtete sich am folgenden Morgen im Spiegel, und da sein Schicksal nun nicht mehr zu ändern war, so gab er sich auch darüber zufrieden. Man weiß nicht, ob es aus Mangel an Eitelkeit, oder aus herzlicher Eitelkeit entstand, daß er glaubte, als er noch eine Weile in den Spiegel sah, daß ihm dieser Bart unaussprechlich gut stehe, und daß, so wie ein rother Bart ein Zeichen der Falschheit sey, so sey der seinige, im höchsten Grade blau, im Gegentheil der Beweis eines fast überflüssigen Edelmuths. Er ließ daher den Bart zierlich beschneiden, und eine gute Einrichtung mit ihm treffen, daß er schön und ordentlich wachsen sollte, kurz, er erklärte diesen Bastard für ein rechtmäßiges Kind, und behandelte ihn ganz so, wie andre Ritter mit ihren gewöhnlichen Bärten umzugehen pflegten.

Für seinen Rathgeber beschloß er jetzt bessere Sorge zu tragen. Er ließ ihm daher oben auf dem Dache seines Schlosses einen eigenen Pavillon bauen, da setzte er ihn hinein, und vertraute Niemand den Schlüssel dazu. Da der Rathgeber nunmehr in Acht genommen ward, auch nebenher von oben eine schöne freie Aussicht hatte, so wuchs sein Verstand und seine Erkenntniß mit jedem Tage, so daß es eine ordentliche Freude war, sich mit ihm in Conversation einzulassen. Wir wollen nur eine ganz kleine zur Probe hersetzen, damit sich der Leser einen Begriff von dem Witz des Mannes machen könne.

Peter hatte im Sinne, das Fräulein von Bergfeld zu heirathen; er ging daher zu seinem Freunde hinauf, und legte ihm mit Anlegung des goldenen Schlüssels folgende Frage vor:

Soll ich heirathen?

Antwort. Ich mag weder ja noch nein sagen.

Das Fräulein von Bergfeld.

Antwort. Mit dieser wirst Du nicht sonderlich glücklich seyn.

Ich weiß es wohl, denn es ist mein Destinée; aber ich bin verliebt.

Antwort. So wirst Du auf meinen Rath nicht achten.

Rathe besser!

Antwort. Bessern Rath würdest Du den nennen, der Deinen Leidenschaften schmeichelte; ein solcher ist aber eigentlich gar kein Rath zu nennen.

Du willst nur nicht.

Antwort. Mir fällt es stets bequem, Dein Freund zu seyn.

Sie ist aber schön.

Antwort. Nicht Alles was schön ist, ist gut, nicht alles Gute ist schön; fändest Du auch Schönheit und Güte vereinigt, so ist diese Güte und Schönheit doch deswegen noch nicht für Dich.

Du bist und bleibst ein Narr.

Antwort. Schwerlich kannst Du es beurtheilen, denn Du bist verliebt.

Du mußt immer das letzte Wort behalten.

Hiermit ging Peter wieder fort und warf die Thür stark hinter sich zu, denn die Antworten des Kopfs gefielen ihm gar nicht.

Nach einigen Wochen begegnete Bernard seinem Freunde Peter. Sie grüßten sich Beide freundlich, und indem Peter den Helm abnahm, bemerkte Bernard die Veränderung im Gesichte des Ritters. – Was ist das? fragte er erstaunt.

O die Weiber! die Weiber! rief Peter aus; das Otterngezücht ist an allem Unheil Schuld. Ich verliere alle Geduld, wenn ich daran denke, was ich schon jetzt von ihnen gelitten habe; und wenn ich mich erinnere, daß ich noch mehr leiden soll, so möchte ich lieber gleich in Verzweiflung fallen. Eure Fee, oder wie das Weib heißt, ist nichts als eine alte Hexe, wenn ich die Wahrheit sagen soll, und das will ich auch vor jedem Gerichte beschwören. Erst habt Ihr mir das Maul nach ihrer Macht und Gewalt wässerig gemacht, und was ist es nun, das ich davon trage? Nichts als einen blauen Bart! Eure ganze Familie ist nicht den Henker werth, denn Euren Rathgeber, den möcht' ich auch nur gleich einschmelzen und Suppenlöffel aus ihm gießen, damit man doch nur etwas Gesundes von ihm in den Mund bekäme.

Peter ging verdrüßlich fort, und Bernard sah ihm lange mit einem betrübten Gesichte nach. Indem strich die holdselige *Almida* durch die Luft, und grüßte ihren Nachbar Bernard. Wie geht's? fragte dieser; was macht Deine Adelheid?

Sie wird sich bald verheirathen, antwortete die Fee; ich will eben hin zu ihr.

Sie zog weiter, und ließ einen weißen Lichtstreif hinter sich, in den die Lerchen hineinflogen und ihre fröhlichen Lieder sangen.

Was ist nun anzufangen? sagte Bernard in der Einsamkeit zu sich selber. Ich will jeden Menschen von Gefühl fragen, ob es wohl schon irgend einmal einen Helden einer Geschichte mit einem blauen Barte gegeben habe? So sehr ich auch mein Gedächtniß anstrenge, so kann ich mich doch keines ähnlichen Falls entsinnen. Ist dieser nun das Ideal, das sich meine trunkene Phantasie entwarf? Almida hat sich gleich auf die Idylle gelegt, und sie hat wohl daran gethan. Das läßt sich leicht übersehn, das läßt sich bequem in Ordnung halten. Die schönsten Gedanken bleiben mir im Kopfe stecken und schämen sich, herauszutreten, wenn ich mich erinnere, daß Peter einen blauen Bart hat. Wenn es nur möglich wäre, so möcht' ich Alles umarbeiten, und aus dem ganzen Dinge eine Geschichte nach dem Leben, oder gar einen komischen Roman machen; aber dazu ist es zu spät, die Einleitung ist zu pathetisch.

Eilftes Kapitel

Friederike von Bergfeld

Peter Berner war jetzt fast unaufhörlich in Fehden verwickelt, die er aber alle glücklich beendigte. Er faßte nun den Vorsatz, sich mit dem Fräulein von Bergfeld zu verehelichen, weil er einsah, daß sich sein Unglück doch nicht zurückhalten lasse.

Friederike von Bergfeld hatte aber gerade um diese Zeit einen andern Liebhaber, einen jungen, schönen Ritter, und deshalb mißfiel ihr der Antrag des blaubärtigen Peter sehr. Sie war in der höchsten Bedrängniß, denn sie wußte, daß ihr Vater den Peter Berner sehr begünstigte, weil dieser reich und angesehen war, ihr Liebhaber im Gegentheil arm und aus keiner altadlichen Familie. Als daher Peter angekommen, warf sie sich einst ihrem Vater zu Füßen, als sie mit ihm allein war.

Was willst Du, meine Tochter? sagte der alte Leopold.

Daß Sie Mitleid mit Ihrem einzigen Kinde haben, rief sie aus, daß Sie nicht mein Unglück wollen.

Wie kann ich Dein Unglück wollen? Wie kannst Du nur so albern sprechen?

O mein Vater, lassen Sie mich ausreden, und dann sprechen Sie mein Urtheil.

Rede, mein Kind, und vor allen Dingen steh' von der Erde auf.

Dieser Peter Berner ist hieher gekommen, um mich zu lieben und dann zu heirathen, aber weder das Erste, noch das Letzte ist mir wohlgefällig.

Weswegen nicht?

Weil ich schon liebe, mein Vater.

Das konnt' ich mir vorstellen. Wenn Ihr ohne Gängelband gehn könnt, so fangt Ihr auch schon an zu lieben, und eben so zuversichtlich darüber zu sprechen. Ihr redet über das Verliebtseyn und über's Theetrinken mit gleichem Eifer und seht Beides auf Eine Art an. Sprich mir nicht diese abgeschmackten Wörter aus, die Du gar nicht verstehst.

Aber Sie wollten mich ausreden lassen.

Nun so sprich; wer stört Dich denn?

Ich kann diesen Berner nicht heirathen, weil er mir zuwider ist. Sehn Sie nur seine Figur, sein ganzes Wesen, seinen häßlichen blauen Bart.

Possen, mein Kind, wer wird sich an so etwas stoßen? Denn bedenke nur den Umstand, daß ich sage: Du mußt! und dann geh' in Dich, gieb Dich für's Erste zufrieden, dann betrachte ihn genauer, dann leg' Dein Vorurtheil gegen die blaue Farbe ab, und so wirst Du Dich allgemach in ihn verlieben und ihn heirathen, Du weißt nicht wie, und dann ist er Dein Mann, und Du denkst so wenig daran, seinen Bart, als seinen Verstand zu untersuchen. Sieh', wenn ich ihn Dir zum Liebhaber bestimmte, so könntest Du mir mit Recht alle diese Einwendungen machen, aber so soll er Dein Mann werden, und mit Männern nimmt man's gar nicht so genau.

Ach! mein Vater, den Gesichtspunkt, den Sie mir da angeben wollen, werd' ich nie haben können.

Und warum denn nicht, Du eigensinnige Närrin? Zwing' ich Dich denn? Hab' ich Dich denn je schon zu etwas gezwungen? Und so kannst Du auch meinethalben jetzt thun, was Dich gut dünkt, ich will Dir wahrhaftig nicht im Wege seyn. Aber ich sage Dir nur so viel, daß ich Dir meinen schweren väterlichen Fluch gebe, wenn Du gegen meinen Willen handelst, daß ich Dich nicht mehr für mein Kind erkenne, daß ich Dich aus dem Hause stoße, daß Du Dein Brod vor den Thüren suchen und betteln kannst. Nun, heißt denn das in aller Welt zwingen? Antworte! Du kannst ja thun und lassen, was Du willst.

Grausamer Vater!

Das ist auch eins von den abgeschmackten Wörtern, womit Ihr keinen Sinn verbindet. Solcher Redensarten habt Ihr tausende, bloß nur die Luft anzufüllen und die Zeit hinzubringen. Ich fühle sie nicht, ich verstehe sie nicht, und ich sage Dir, bequeme Dich bald nach meinem Entschlusse, oder es soll Dich wahrlich gereuen. Ein närrischer Zustand, Vater zu seyn! Man macht die Bälge glücklich, und muß sie noch obenein zu ihrem Glücke zwingen! Ich bin es überdrüßig, länger zu reden, Du weißt nun meine Meinung.

Er setzte sich hierauf nieder; um seine Mittagsruhe zu halten, und Friederike ging auf ihr Zimmer, um zu weinen.

Peter ließ indessen auf seinem Schlosse alle Anstalten zur Hochzeit machen, denn er hatte nun die Einwilligung des starrköpfigen Vaters erhalten. Mechthilde machte die prächtigsten Anstalten, indessen Peter sich gar nicht einmal die Mühe gab, die Gunst seiner Braut zu gewinnen.

Der Hochzeitstag rückte heran; Ferdinand, der Liebhaber Friederikens, war auswärts in einer Fehde verwickelt, so daß sie keinen Trost, keine Hoffnung hatte. Sie mußte mit ihrem Vater nach Berners Schlosse reisen, die Heirath ward vollzogen und ihr Vater reisete wieder ab.

O ich Unglückselige! klagte Friederike in der Einsamkeit. Wo ist nun so plötzlich mein Lebenslauf geblieben, auf den ich mich so sehr freute! Warum bin ich nicht vor dieser Zeit gestorben, als ein treues Mädchen, als die Geliebte meines Ferdinands? Dann hätte er auf meinem Grabe weinen können, und mich noch im Tode die Seinige nennen; aber nun bin ich von ihm abgefallen, ich komme mir selber als eine Nichtswürdige vor, und das ist mein innigster Schmerz; das ist das Gefühl, worüber mich nichts zufrieden stellen kann. Die Welt kömmt mir seitdem wie eine wüste, unangebaute Einöde vor, ich irre allenthalben umher, wie in einem fremden Hause, wo ich nicht hineingehöre, wo Jedermann mit Verachtung auf mich sieht.

Sie weinte heftig, Peter trat herein und fragte, was ihr fehle.

Und Du kannst noch fragen? antwortete sie schluchzend. Du unbarmherziges, tigerartiges Geschöpf bist mein Unglück; Du hast mich dem ungetreu gemacht, dem ich ewige, felsenfeste Treue angelobt hatte. Du bist die Ursach, daß das beste, zärtlichste Herz nun mich und die Welt verflucht; daß er an einsamen Waldströmen sitzt, und seinen Schmerz in stürzenden Thränen ergießt; daß er sein Blut Tropfen für Tropfen und unter einer langsamen Pein verschütten möchte, um dieses Lebens nur los zu werden. Und kann ich Dich denn lieben? Nimmermehr, Du hast mir mein Glück geraubt, und meine Seele wendet sich mit Entsetzen von Dir zurück; nie werde ich mit Dir vertraut seyn können, ja nie werde ich Dir nur trauen können. Alle Gestalten meiner Furcht sehn aus, wie Du; so ein Bild, als das Deinige, hat mich schon in den Träumen meiner Kindheit erschreckt, und darum wirst Du ewig mein Abscheu bleiben.

Ich weiß wohl, antwortete Peter kaltblütig, daß ich mit meinen Weibern nie recht glücklich seyn werde; ich muß Dir sagen, daß das schon ein altes Orakel ist, das jetzt nur anfängt, in Erfüllung zu gehn. Und sieh, eben darum ist es auch nicht zu ändern; denn wenn Du mich auch anbetetest, wenn Du mich auch so liebtest, daß es mir, als einem ernsthaften Manne, selber zur Last fiele; schau nur, so wäre es doch nimmermehr zu ändern, daß ich mit Dir unglücklich seyn und bleiben müßte; eben dieses Unglück ist der Salat, den ich wider meinen Willen zu allen Dingen essen muß. Da es nun aber nicht zu ändern ist, so müssen wir uns schon in diese Fügung des Schicksals ergeben; da es das Einzige ist, was wir hierbei thun können, so werden wir es schon deswegen thun müssen. Was übrigens Deinen Geliebten anbetrifft, so sitzt er gar nicht an einsamen Waldströmen und weint, sondern er hat eine ansehnliche kriegerische Mannschaft zusammengebracht, um mich damit zu überziehn, und aus dieser Ursach muß ich jetzt auch gegen ihn in's Feld gehn. Eben darum muß ich Dich auf einige Zeit verlassen; ich denke Dich aber bald wieder zu sehn, denn sobald er todt ist, hat das nichts weiter zu sagen; und sterben wird er hoffentlich wohl, denn er ist ein ganz junger, unbesonnener Mensch, der bei weitem nicht so kaltblütig ist, als ich es bin. Lebe wohl.

Er verließ seine Frau in den tiefsten Schmerzen. Was soll ich wünschen? rief sie aus. Und was würde es mir helfen, wenn meine Wünsche auch in Erfüllung gingen? Ich bin auf immer verloren, das ist bei der Verwirrung aller meiner Sinne das Einzige, was ich weiß; aber daran weiß ich genug. O wär' ich todt, daß ich diesen Jammer nur nicht empfinden dürfte!

Sie ging oben auf das Dach des Schlosses, und sah mit beklemmtem Herzen dem Ritter und seinem Heereszuge nach.

Zwölftes Kapitel

Das Verbot

Die Klagen Friederikens ermüdeten die Haushälterin Mechthilde sehr; sie suchte sie daher zu trösten, und sagte zu ihr in guter Absicht: Mein Kind, Du mußt diese Welt, in der wir leben, gar nicht für eine ordentliche, fertige Welt ansehen, in der wir uns nun auf- und abtreiben, und in der unser Bleiben eigentlich seyn soll; sondern unser ganzes Leben gleicht der eingesperrten Nachtigall, es ist ein ewiges Streben nach Freiheit und nach dem Gute, das wir nicht zu beschreiben wissen, und das wir mit unserer groben, unbeholfenen Sprache *Glück* benennen. Es ist daher unverständig, dieses Glück in diesem Gefängnisse zu erwarten; wir können höchstens nur davon träumen, und das sind unsre seligen

Augenblicke, die sich aber immer von uns in einer scheuen Entfernung halten. Der Mensch wird darum geboren, um sich in das Entsagen einzulernen; die Kinder wimmern, die Männer seufzen, weil ihnen nichts recht ist, und noch der abgelebte Greis sucht aus den entferntesten, dunkelsten Winkeln seines Gedächtnisses Trostgründe hervor, um sich über sein Leben zu beruhigen. Was wir Leben nennen, ist nur Wunsch nach dem Tode, nach dem wir innerlich streben und uns geheimnißvoll darnach sehnen; aber äußerlich erschrickt wieder der arme Mensch vor dem schrecklichen Bilde, das sich ihm aus der Finsterniß entgegenstreckt. Drum müssen wir uns über Alles beruhigen; unsre Wünsche sind blos deswegen in uns, daß sie uns in einer lebendigen Thätigkeit erhalten sollen, sie erfüllen sich aber nie, denn es wäre gerade so viel, als wenn man einen Traum im wirklichen Leben fortsetzen wollte. Trockne also Deine Thränen und laß der alten, gleichgültigen Mutter Zeit, die durch keine Klage gerührt wird, ihren Lauf, denn sie sieht sich auf ihrem Wege doch nicht nach den jammernden Menschenkindern um. Deine Seufzer verfliegen, Deine Thränen werden vertrocknen, Deine Leiden werden in Dir ersterben.

Du hast wohl nie gelitten, sagte Friederike.

Meinst Du denn nicht, daß ich gelebt habe? antwortete Mechthilde verdrüßlich. Ich habe geliebt, ich habe geweint, und Alles ist nachher doch nur wie ein albernes Possenspiel, indem die oft wiederholten Späße unser Ohr beleidigen. Damals hielt ich die Welt und das Leben für etwas Wichtiges, weil in mir das zarte Morgenroth der Empfindungen aufging, aber nun ist Alles versunken; ich kenne mich selber, und sehe auf meine Jugend wie auf eine gestorbene Freundin hin, von der die Zeit selbst die Liebe und die Erinnerung ausgelöscht hat. Ich mag über nichts trauern, nichts kann mich erfreuen; ich zucke über das wunderliche Gaukelwesen die Schultern und sehe, wie in jedem Menschen sich das alte Spiel wiederholt, und Jeder glaubt, nur in ihm sey es etwas Neues, es nehme in ihm seinen Anfang. Drum fange nur an, mit mir zu lachen, füge Dich in Deine Bestimmung, und gieb der Nothwendigkeit nach; daß es so seyn muß, sollte Dich beruhigen.

Eben das muß mich um so mehr niederschlagen, rief Friederike laut schluchzend aus. So kann mich denn nichts über meinen Jammer trösten? So versteht denn das unerbittliche Schicksal nicht das Herz des Menschen? So leb' ich allein in einer dürren, ausgestorbenen Wüste, meine Liebe giebt sich mit Steinen und verbrannten Gesträuchen ab, meine unbegreifliche Sehnsucht geht nach dem giftigen Unkraut. Kein Klang, kein Gefühl antwortet mir, und das unverständliche Gesause dreht sich um mich herum, es nimmt mich mit, und läßt mich niemals wieder los; ich strecke die Hände nach Freundschaft aus, und es steht kein solches Wesen da. – O so kann ich ja nicht laut genug klagen, so giebt es ja keine Gebehrden der Verzweiflung, die es gehörig ausdrücken könnten, so möcht' ich mir mit diesem Dolche Luft machen und den nichtswürdigen Kerker zersprengen, so möcht' ich in Thränen zerfließen, und Augen und Leben hinwegweinen.

Du würdest einschlafen, antwortete Mechthilde kaltblütig, und nachher wieder eine stille Sehnsucht nach dem Leben empfinden, die Du Dir gerne nicht gestehn möchtest, die aber doch einmal in jedem Busen wohnt. Am meisten sollten wir darüber klagen, daß wir Menschen sind, daß wir uns nicht selber beherrschen, daß die kalte, todte Natur uns tyrannisirt, ja daß wir am Ende so nichtswürdig sind, diese Tyrannei heimlich zu lieben.

Ich will nicht, rief Friederike wüthend aus, ich *will* frei seyn! Ich *will*, sag' ich Dir!

Es kann seyn, daß Du es jetzt willst, sagte die Haushälterin; aber jetzt ist nicht immerdar, und kein einziger Augenblick hängt mit dem folgenden zusammen. Unser Wille wechselt; was wir jetzt selber sind, ist im nächsten Momente unser ärgster Feind, den wir verachten und hassen, und dann kehrt jenes Selbst wieder zurück, und so wanken wir hin und her, ein ewiger Aprilwechsel.

Du bist ruhig, antwortete Friederike gelassener, und ich leide unaussprechlich; und doch möcht' ich nicht Du seyn. Ich glaube an die unwandelbare Dauer meiner Gefühle, und möchte darum meinen Schmerz nicht gegen Dein bestes Glück austauschen. In der höchsten

Seligkeit bist Du einsam und verloren, und ich finde im Unglücke doch Gott, die Tugend und die Liebe als Gesellschafter. Dein Lächeln ist Finsterniß, aus meinen Thränen lächelt noch Sonnenschein hervor; meine Klagen lobpreisen noch das Schicksal, wenn Dein Dankgebet den Himmel lästert. Nein, Mechthilde, wenn ich auch älter werde, so werde ich doch nie so seyn, wie Du; das fühl' ich so lebhaft, wie ich meine Seele fühle. – Sollte mir aber dieser letzte Trost auch noch entgehn, o, so will ich es hier auf meinen Knien demüthig und inbrünstig vom Himmel erflehen, daß er mich jetzt in der kindlichen Unschuld meines Herzens hinwegraffe, daß er mich niemals älter und klüger werden lasse, um mich zu verachten und eine schöne Welt zu verhöhnen. Laß mich an die Liebe glauben, gütiges Schicksal, und sollte der schreckliche Gedanke wahr seyn, wie es nicht möglich ist, daß einst mein Herz in mir vertrocknen müßte, noch ehe ich todt bin; sollt' ich mich einst so trösten können, wie diese hier, o so laß sogleich im ersten Augenblicke einen schrecklichen Mordgedanken über mich kommen, daß ich, ohne zu wissen, was ich thue, dieses nichtswürdige Herz durchbohre.

Du schwärmst, sagte Mechthilde.

Ich weiß wohl, daß Ihr es so nennt, antwortete das begeisterte Mädchen. Ich will aber nicht kaltblütig seyn; ich will meine Phantasie und meine Gesundheit zerrütten, bis ich für den Tod reif bin; sieh, dicht und hell wie meine Erinnerung will ich mir das liebe Bild Ferdinands hinstellen, wenn ich untergehe, noch nach ihm zurücksehn, und im Tode in seine Arme stürzen, statt daß Dich die weite, trostlose Leere dann umgiebt und die Vernichtung alle ihre Hände nach Dir ausstreckt. Sieh, jetzt hast Du mich getröstet, aber so, wie Du mich gewiß nicht beruhigen wolltest; nun will ich ohne Zagen der Zukunft entgegensehn.

Nun, sagte Mechthilde, Ihr mögt es halten, wie Ihr wollt, aber Eure Hitze wird doch nicht lange währen; in Worte gebracht, nehmen sich dergleichen Empfindungen hübsch aus; wenn Ihr aber an der Seite Eures Gemahls liegt, so kommen sie Euch selber albern vor. Ich will Euch nächstens, wenn Ihr aufgelegt seyd, meine Geschichte erzählen.

Friederike blieb allein, und Peter kam sehr vergnügt aus dem Schlachtfelde zurück. Er erzählte, daß er Sieger sey, daß er viele Gefangene gemacht habe, aber vom Schicksale des jungen Ferdinands sagte er kein Wort. Friederike war in der peinlichsten Ungewißheit, sie mochte nicht fragen, um sich nicht vor der gewissen Nachricht seines Todes zu entsetzen; jeder Blick ihres Gemahls war ihr fürchterlich, sie hatte es noch nie so lebhaft empfunden, wie sehr sie ihn verabscheue.

Peter reiste am folgenden Morgen schon wieder ab, weil ihm ein andrer Nachbar Fehde angekündigt hatte. Er war sehr strenge gegen Friederike, übergab ihr die Schlüssel der Burg und auch den goldenen Schlüssel, wobei er ihr sehr strenge verbot, das Gemach, das er eröffne, zu betreten. Er reiste fort.

Friederike weinte, als er fort war. O des Thoren, sagte sie, mit seinem albernen Verbote! Wenn ich an Ferdinand denke, soll mich da wohl die Neugier plagen, ein Zimmer zu betreten, in dem vielleicht alte Harnische liegen, oder bestäubte Familiendocumente aufbewahrt sind? Zu ihm möcht' ich fliegen, ihn an mein Herz drücken, und kein Verbot, keine Gefahr sollte mich zurückhalten. O es ist gut, daß die Menschen nicht das Herz des Leidenden verstehn, daß ihnen das Elend etwas so Fremdartiges ist, daß sie ihre Nichtswürdigkeiten so köstlich achten; denn sonst müßten die Engel selbst, wenn sie von oben herab den großen Haufen der Unglückseligen beachteten, in Seufzern vergehn und in Thränen zerschmelzen.

Sie sah aus dem Burgfenster, und trübe und schwermüthig floß der Strom ihren Blicken vorüber, alle Lust des Lebens erstarb in ihr, sie wollte sich hinunterstürzen, als sie ausrief: Sollt' ich ihn nicht noch einmal wiedersehn?

Plötzlich hielt sie inne. Dieser letzte Wunsch riß sie wie mit Riesenarmen wieder in's Leben zurück.

O Mechthilde hatte recht, dachte sie bei sich. Ich will es erdulden und gelassen erwarten, wie es mit mir werden will.

Dreizehntes Kapitel
Mechthildens Geschichte

Werd' ich ihn jemals wiedersehn? war der erste Gedanke, den Friederike am folgenden Morgen dachte. Aber wo? Wo ist die Möglichkeit? Er ist schon todt, und die ganze Folgezeit meines Lebens ist dürr und wüste; immer werd' ich ihn beweinen, aber nie sein tröstend Antlitz wiedersehn. – Wie? oder sollte er jetzt ein Gefangener meines Gemahls sein? Sollte dahin sein Gebot zielen, jenes Zimmer nicht zu betreten? Vielleicht liegt Ferdinand dort und schmachtet nach meinem Anblicke. Warum sollt' ich mich denn zurückhalten? – Aber er würde mir in diesem Falle den Schlüssel nicht selbst gegeben haben. – Ich weiß nicht, was ich denken, wie ich mir rathen soll. Ich muß es wagen. Und doch, – wenn ich nun dort seinen Leichnam finde, wenn alle Hoffnungen, alle Wünsche dort zerrissen zu meinen Füßen lägen, – o dieses beängstigte, schweraufathmende Herz! Nein, ich kann nicht mehr.

Sie irrte hin und her durch alle Gemächer, immer noch unentschlossen, ob sie das verbotene Zimmer mit dem goldenen Schlüssel eröffnen solle. Sie traf auf Mechthilden, und setzte sich zu ihr. Heute, fing sie an, heute, Mechthilde, erzähle mir Deine Geschichte, wie Du mir versprochen hast, denn ich bin grade in der Stimmung.

Viel läßt sich von meiner Geschichte nicht sagen, antwortete die Haushälterin, es ist die Geschichte von vielen tausend Menschen, die auch nach dem Glücke strebten und im Kampfe unterlagen. Es ist etwas so Alltägliches, daß man gar nicht mehr davon reden sollte; es ist thöricht, sich über dasjenige zu verwundern, was sich von selbst versteht. Du bist heute in der Stimmung, zu hören, ich aber nicht, zu erzählen; wir wollen indessen den Versuch machen.

Mein Vater war kein Ritter, ich bin nur von bürgerlicher Herkunft. Von meiner Erziehung, von meinen Jugendjahren weiß ich Dir nichts zu sagen. Ein Tag verging wie der andre, dieselben Spiele, dieselben Gedanken kehrten wieder, die Zeit floß so unmerklich dahin, daß ich mich wunderte, als ich zusammenrechnete, und fand, daß ich schon sechszehn

Jahr alt war. Einen Morgen werde ich nie vergessen, wenn auch Alter und Schwäche mein Gedächtniß einst matt machen und alle Erinnerungen ausbleichen sollten. Ich war gewohnt, immer früh aufzustehn, um die Blumen meines kleinen Gartens zu begießen. Wunderlich war's, daß ich an diesem Morgen weit früher munter war: es war im Sommer. Die Sonne war noch nicht aufgegangen, die frühe Lerche stieg empor, und jauchzte ihr fröhliches Lied, das sonderbar in meinem Herzen wiederklang. Ich kannte mich in der neuen seltsamen Empfindung nicht wieder, und stand noch so träumend, als das Morgenroth immer glühender und glühender ward, und nun der holdselige Tag selber emporstieg, von Flammen und Glanz getragen. Wie die schönste Entzückung fuhr es durch die ganze Natur hin, rothe Wolken küßten sich, und die goldenen Wiederscheine flimmerten in den hellgrünen Bäumen. Ganz in der Ferne schimmerten Birken, von der sanften Luft gefächelt, und mein ganzes Herz that sich den Strahlen auf, wie die Blumen zu meinen Füßen. Wie freut' ich mich auf mein Leben! Wie dankt' ich dem Himmel inniglich für dies schöne frohe Daseyn! Ich fühlte mich zum ersten Male so ganz glücklich in der Welt, ich wünschte mir und allen Geschöpfen alles Gute, und konnte an Haß und Feindschaft, an Neid und Zwietracht gar nicht glauben. – O könnten wir dieses schöne Gefühl durch unser ganzes Leben behalten, wie selig würden wir seyn! Aber die menschliche Natur wickelt sich aus diesem Gefühl wieder heraus, um dann in todter Dürre zu verschmachten.

Ich konnte nicht begreifen, wie sich mein Gemüth verändert hatte. So wohl mir war, so war ich doch still und nachdenklich; ich ging im einsamen Walde spazieren, und suchte den dichtesten Schatten, um mich tief in den Abgrund meiner Empfindungen zu versenken. Es war, als wenn wohlwollende heilige Geister mir zur Seite gingen, und leise von uralten, längst vergangenen Dingen sprächen, und dadurch in mir die tiefsten Ahndungen weckten. Plötzlich ward ich in meinen Träumen gestört; am Rande eines kleinen Bachs lag ein Jüngling und schlief, sein Schwert lag neben ihm im Grase. Er war noch sehr jung, seine Brust hob sich sanft, seine Wangen waren mit dem schönsten Roth gefärbt, über das der grüne Waldschatten hin und her zitterte. Ich stand und betrachtete ihn lange, ich konnte nicht wieder umkehren, ich sah ihn und sah ihn auch nicht, alle meine Besinnung war wie in eine tiefe Ferne geworfen. Endlich ging ich. Die Bäume traten zwischen uns und verdeckten mir seinen Anblick. Ich stand wieder still. Wie, wenn ihn jetzt eine Schlange stäche? sagt' ich zu mir selber, und ich könnte ihn von dem tödtlichen Wurme erretten! Ich kehrte zurück, und er schlief noch wie vorher, keine Schlange ließ sich merken.

Ich mußte aber nach Hause gehn. Wie unruhig war ich in den engen Wänden unserer Wohnung! Wie widrig war mir jedes Geschäft! Ich fuhr zusammen, wenn mein Vater durch einen Zufall meinen Namen nannte, mir war, als hätte ich etwas Außerordentliches, ja Entsetzliches zu fürchten.

Nach kurzer Zeit ward mein Vater mit einem fremden Edelmanne bekannt, den er auch bald in unser Haus führte. Wie erschrak ich, als es derselbe war, den ich im Walde gesehn hatte! Nun standen die geliebten Augen offen, die verschlossen waren; wenn er mich ansah, wußte ich mich vor Verwirrung nicht zu lassen. Wie liebt' ich ihn! Ich hätte etwas thun mögen, um es ihm zu zeigen, ihn aus einer Gefahr erlösen, seinetwegen Schmerzen dulden.

Wir wurden bald mit einander bekannter, und es war meine größte Wollust, mit jedem Tage vertrauter mit ihm sprechen zu dürfen, ihm Alles zu sagen, was ich dachte und empfand. Er war so gut, er kam mir mit jeder Stunde liebenswürdiger vor; o ich hätte mein Glück mit keiner Königin ausgetauscht.

Laß mich nun davon schweigen, wie ich mich vergaß, und schwach, nur allzu schwach wurde, und wie er diese Schwäche mißbrauchte. Meine unschuldige Liebe war verschwunden, ich fühlte mich schwanger, und war in Todesangst, was mein Vater sagen würde. Seinem Zorne auszuweichen, wär' ich gern gestorben; es kostete mir daher nicht viel Ueberwindung, zu entfliehen, das väterliche, mir so bekannte Haus auf immer zu verlassen.

Ich wohnte in einer einsamen Hütte, mein Gatte besuchte mich täglich, von meinem Vater hatte ich keine Nachrichten. Ich ward Mutter. O wie gut war ich damals! Wenn ich jener Zeit gedenke, – ach! muß es denn Alles so vorübergehn, was in uns ist – darf nichts zurückbleiben?

Plötzlich verließ mich mein Geliebter, ich hoffte mit jedem Tage, er sollte zurückkehren, an jedem Tage glaubt' ich, nun müßte er kommen; oft hört' ich ihn reden, oft vernahm ich den Klang seiner lieben Stimme. Ich Unglückliche täuschte mich selber, eben so, wie er mich getäuscht hatte.

Mein Kind lächelte mich an, und sah ihm so ähnlich, aus jedem Zuge redete Er zu mir. Ich konnte mich nicht mehr lassen. Ich machte mich auf, und durchstreifte die ganze Gegend; hier, dacht' ich oft, in diesem Hause muß er sein, und er war nicht dort. Ich hörte endlich, er habe sich verheirathet, er lache meiner und spotte über meine Schwäche. Erst konnt' ich es nicht glauben, aber es war wirklich. Nun gab ich mich verloren, ich verachtete mich von dem Augenblicke; alles Edle und Große schien mir Erdichtung, alle Schönheit Traum, ich sah die nackte Erde vor mir, alles Schmucks beraubt.

Ich war der Gegend nahe, in der mein Vater wohnte. Unwiderstehlich trieb mich ein wehmüthiges Gelüste, die Stellen wieder zu besuchen, wo ich als Kind gespielt hatte. Ich sah sie wieder, aber Alles kam mir so verändert vor. Ich ließ mir einfallen, in mein väterliches Haus zu treten; alles Geräth war anders gestellt, meinen Vater fand ich sehr krank im Bette. Er kannte mich anfangs nicht, und erhob ein entsetzliches Geheul, als ich mich zu erkennen gab; er verwünschte und segnete mich; bald schloß er mein Kind in die Arme, bald stieß er es wüthend zurück; mein ganzes Herz ward zerschmettert. Mein Vater starb noch an demselben Tage.

Bald nachher verlor ich auch das Kind, und ich glaubte nun ganz von der Welt getrennt zu sein; ich wünschte zu sterben, und dachte, der Tod wäre mir nah. Aber bald empfand ich in meinem Herzen die elende Lust nach dem Leben, um morgen und morgen wieder die Luft des Himmels einzuziehn. Ich wünschte mir jene todte Gefühllosigkeit wieder zurück, die mich angefallen hatte; aber aller Muth, alle Größe des jugendlichen Leichtsinns war in mir untergegangen. So trieb ich mich denn auf und ab, war bald hier, bald dort, ich flehte das Mitleid meines ehemaligen Geliebten an, aber er wollte mich nicht wieder kennen.

Mir war es gleichgültig, wie ich lebte, wenn ich nur mein Leben davon trug. Ich lernte einige junge Ritter kennen, die mir sagten, daß sie mich liebten; ich that, als wenn ich ihnen glaubte. Bei allen traf ich dieselbe niedrige Gesinnung. Ich glaube, daß der Mensch so seyn muß, und darum bin ich eben so geworden.

Jetzt hab' ich mich darein gefunden, und mir ist wohl, wenn man es so nennen will. So bin ich endlich in die Dienste Deines Mannes gerathen, und ich denke auf diesem Schlosse zu sterben, wenn er mir die Ruhe hier gönnt. Er ist einfältig genug, so daß er beinahe gut ist.

Träume ängstigen oft meine Seele. Dann sehe ich meinen Vater, und was noch schrecklicher ist, im innersten Herzen erleb' ich oft die Empfindungen meiner frühen Jahre wieder. O wie ich mich dann vor dem Erwachen fürchte! – Doch Alles ließe sich noch ertragen; aber eine Erinnerung, eine, die letzte, die sich nie aus dem Gedächtnisse weglöschen läßt, selbst wenn ich froh bin oder arbeite, – nein, ich kann es nicht sagen.

Sie stand plötzlich auf, und ging fort. Friederike sah ihr erstaunt nach.

Friederike dachte wieder an ihren Geliebten. Wenn er in dem Zimmer wäre! sagte sie zu sich. Und was wag' ich denn, wenn ich hineingehe, da ich das Mittel in Händen habe, es zu erfahren? Mein Leben höchstens. Nun wohl, so werd' ich denn dieser drückenden Bürde los. Ich gewinne in jedem Falle. Welche Furcht kann mich also noch zurückhalten?

Als es Abend geworden war, nahte sie sich der verbotenen Thür und schloß sie leise und mit Vorsicht auf. Sie erstaunte, als sie hineintrat und ein leeres Gemach fand. Sie ging mit dem Lichte hin und her, und Alles war leer. Die Wand war von bunten, wunderbaren Tapeten bekleidet, die rothe Farbe und das Gold darauf schillerte, indem sie die Leuchte vorübertrug, und die grotesken Figuren schienen Leben und Bewegung zu bekommen. Es waren alte biblische Geschichten, von Schlachten und Verhören, die hier dargestellt waren; die häßlichsten Umrisse hoben sich durch die grellsten Farben heraus, und ein König David sah mit einem unwilligen, fürchterlichen Blicke nach Friederiken hin.

Sie erzitterte und spottete wieder selbst über ihre ungereimte Furcht; denn sie sah recht gut ein, daß sich im Zimmer gar nichts befand, wovor sie sich entsetzen könnte. Aber wider ihren Willen entwickelten sich die frühsten Erinnerungen aus den fernsten Kinderjahren, alle jene Schreckgestalten näherten sich, und wollten sich aus dem Nebel herausarbeiten, der sie umdämmerte und nur dadurch desto entsetzlicher machte. Zitternd setzte sie das Licht auf den Boden nieder, und konnte es nicht lassen, den furchtbaren David noch genauer zu betrachten, und sich noch inniger vor ihm zu entsetzen. Alle seine Züge wurden noch wilder und lebendiger, und wie ferne, bekannte und unbekannte Stimmen fing es an, hinter der Wand zu reden. Nun blickte sie nach ihrem Schatten um, der aufgebäumt an der Wand gegenüber stand. Schnell sah sie wieder zurück, und erwartete mit jedem Augenblicke, daß der alte König aus seiner Tapete heraustreten würde, und sie anreden, um Alles wissen und etwas Wunderbares und furchtbar Unverständliches dazu sagen.

Sie stand noch immer fürchtend da, und suchte den gräulichen Erinnerungen zu entfliehen, den Gestalten zu entkommen, die sie wie mit gräßlichen Spinngeweben umzingelt hatten, als sich die Thüre des Gemaches öffnete, und Peter Berner hereintrat.

Friederike fuhr vor dieser Gestalt mehr zusammen, als sie vor einem Gespenste würde gethan haben. Peter schien sich nicht zu wundern, eine kalte, entsetzliche Wuth hatte sich seiner ganzen Gestalt bemeistert. Friederike schrie laut auf und sank in Ohnmacht nieder; als sie sich erholte, sah sie sich in den Armen Peters und das entsetzliche Gesicht mit der schneidenden Kälte, das auf sie herunterblickte. Sie sank zu seinen Füßen nieder und umfaßte sie weinend, und bat um Gnade; aber Peter war unerbittlich, er hatte sein Schwert in der Hand und sagte ihr, daß sie sterben müsse. Friederikens Sinne waren in der größten Verwirrung und

Kampf; sie konnte sich als eine Verwirrte nicht zu sich und zum Leben zurückfinden, alle Gestalten standen starr und unbeweglich vor ihren Augen, alle Schrecken kamen näher, alle Hoffnungen nahmen auf ewig Abschied. Noch nie als in diesem schrecklichen Augenblicke hatte sie es lebhaft empfunden, was das Wort *Tod* bedeuten wolle; sie hatte es so oft ausgesprochen und viel dabei gedacht, aber noch nie, nie das Wunderentsetzliche dieses Begriffes gefühlt.

Sterben? rief sie aus. – O warum sterben? Ist es nicht genug, daß mein ganzes Leben geschlachtet ist, soll ich selber auch noch dem Tode geopfert werden? – O Gott! wenn Du mich jemals geliebt hast, so vergieb mir; wenn Du jemals Deinen Eltern oder Geschwistern wohlgewollt hast, so laß es mir verziehen seyn; ja, wenn Dich nur ein Trunk in einer heißen Stunde, die Ruhe nach einem arbeitsamen Tage so recht erquickt hat, wie es den Menschen freut, o so gedenke nur an diese Stunden zurück, und sey auch menschlich gegen mich. Du hast dieselben Wünsche, die auch meinen Busen anfüllen, Dein Herz schlägt wie das meinige. Solltest Du mich dennoch Deinen wilden Grimm empfinden lassen, den ich nicht verdiene? O ich will nichts von Dir bitten, Du sollst mir nichts gewähren, nicht Geschenke, Theilnahme oder Liebe; nur laß mir dieses letzte, einzige Leben, über das Dir keine Gewalt gegeben ist. – Sieh, wie ich elend bin, daß ich um mein Leben, als das einzige Gut bitten muß, das mir übrig geblieben ist.

Peter antwortete nicht und stand kalt und gefühllos da, und glich den bunten, abgeschmackten Bildern der Tapete.

Hast Du noch in keiner Stunde gefühlt, fuhr Friederike fort, wie sehr Du Dein Leben liebst? Wie innig der Wunsch der Selbsterhaltung Dir an die Seele geheftet ist?

Warum hast Du mein Gebot übertreten? rief Peter wüthend aus.

Und willst Du deswegen, sagte das geängstigte Geschöpf, jenes Gebot übertreten, welches Dir verbietet, kein Blut zu vergießen? Ach, die Reue kriecht doch einmal dem armen Menschen nach, wenn ihr Schritt auch noch so langsam ist; aber dann ist es zu spät. Dann wirst Du nach mir zurücksehn; dann wirst Du gern die jetzige Stunde zurückrufen wollen, um Alles ungeschehn zu machen; aber dann ist es unmöglich. Dann steht mein armes Bild vor Deinen verwirrten Augen, die Rache donnert von oben, und jedes Bewußtseyn entgeht Dir; nur die Erinnerung Deiner Schuld bleibt bei Dir zurück, um Dich zu peinigen. – Ist es nicht besser und kürzer, daß Du Dich meiner erbarmst, als daß Du nachher ein langes und qualenvolles Leben hinter Dir schleppst?

Halt ein mit Deinem Geschwätz, antwortete Peter grimmig, Du mußt nothwendig sterben, denn es ist mein Gelübde so.

Friederike hob sich vom Boden auf und sich ihn eine Weile stillschweigend an. Dann fuhr sie mit einem gräßlichen Tone auf: Nun so thu, vollbringe Deinen Willen und ende mit mir. Ich denke eben jetzt daran, daß das Leben mir auch gräßlich ist, weil Du darin lebst und es verwüstest, und so viele Menschen Dir ähnlich sind. Da ich nun einmal sterben muß, so kümmert's mich auch nicht weiter, denn endlich, endlich muß ja doch die letzte Stunde herangeschlichen kommen, der ich nur jetzt, jetzt in diesem Momente ausweiche. Ich stehe auf dem letzten schmalen Ecksteine der Zeit, und stürze dann in den dunkeln Abgrund hinunter. Ich *kann* nicht anders, und ich biete Dir also Trotz, Dir und mir zugleich. Halte Dich aufrecht, mein Gemüth, und höre Du mich, Ferdinand, jetzt werden wir uns wiedersehn. Diese Hoffnung nehm' ich als ein großes Reisegeld mit mir. Du, Grausamer, fahre hin, fühle noch jetzt meinen Abscheu, und wie ich Dich von Grund meines Herzens verachte.

Peter wurde noch wüthiger und stieß ihr den Degen in die Brust, so daß sie sogleich todt niedersank.

Plötzlich rührte sich die Tapete, als wenn sie von einem Winde hin und her bewegt würde. Es arbeitete drinnen und emsige Stimmen redeten durcheinander. Ferne Instrumente klangen und kamen mit ihren wunderlichen Tönen immer näher und näher. Peter stand still, und wußte nicht, was aus dem Allen werden wollte.

Die Figuren im Teppich wurden größer, und wuchsen immer mehr vor seinen Augen. Plötzlich knisterte es, so wie wenn eine Kohle aus dem Feuer springt, und alle Helden des alten Testaments schritten mit lebendigen Beinen aus der alten Tapete heraus, die Bedienten und Kriegsknechte folgten ihnen, und der Saal, der sowohl in den Linien als Luftperspectiven nur schlecht gemalt war, blieb allein und leer zurück. Alle Figuren schwebten um den erstaunten Peter her, der nicht wußte, was er mit der seltenen Gesellschaft beginnen sollte. In der Verlegenheit grüßte er Jeden, und kaum hielten es einige Bedienten und Mohren der Mühe werth, ihm zu danken.

David stellte sich vor ihn hin und neben ihm Tobias mit seinem Hündlein, und alle Drei schüttelten sehr ernsthaft mit dem Kopfe. Peter war überzeugt, daß er die Tapeten, wenn sie gleich moralischen Inhalts waren, doch nicht dazu gekauft hatte, daß sie ihm den Text lesen sollten; er bezeugte ihnen daher auch nicht überflüßigen Respekt, sondern verließ sich im Nothfall auf sein gutes Schwert, das er in der Hand hielt.

Das bunte Gefolge ging in Zauberkreisen um ihn her, die Gewänder und goldenen Spangen schimmerten vor seinen Augen, und er bemerkte es deutlich, wie dem großen Saul öfter auf den nachschleppenden Mantel getreten ward. Am meisten fiel ihm der schöne Helm eines Kriegsknechts in die Augen, der hell und kriegerisch aussah und nach welchem er endlich ein inniges, unbegreifliches Begehren verspürte. Er war eben daran, den Knecht darum anzusprechen, als sich das ganze Gefolge wieder in die gewöhnliche beschränkte Lage zurückzog und als bloßes Gemälde an der Wand figurirte. Der Ritter tröstete sich damit, daß er am folgenden Tage mit eigenen Händen dem Soldaten den schönen Helm vom Kopfe herunterbrechen wollte.

Funfzehntes Kapitel

Jakobine von Strahlheim

Peter erwachte am folgenden Morgen mit einem sehr schweren Kopfe, und der gestrige Abend schwebte ihm nur noch dunkel vor dem Gedächtnisse.

Sieh, sieh, sagte er zu sich selber, nun kommt ja mein Weiberunglück in den allerbesten Gang; der gestrige Abend ist die beste Vorrede dazu geworden. Ja wohl hatte Mechthilde Recht, daß sie sagte, alle Weiber taugten nichts, und alle könnten die verfluchte Neugier nicht lassen. Ich habe es ihr damals nicht glauben wollen, aber es scheint sich doch nun wahrhaftig zu bestätigen. Dafür aber will ich auch keiner Einzigen trauen, sey es auch, welche es wolle. Das Beste bei der ganzen Sache ist, daß ich niemals außerordentlich verliebt zu werden scheine, und daß mir deswegen das Abstrafen immer noch so erträglich leicht wird. Ich darf mich auf kein Weib verlassen, das der Neugierde Raum giebt, denn ich weiß es schon, daß dieses Laster immer alle übrigen nach sich zieht; ein lasterhaftes Weib aber ist ein Abscheu in meinen Augen. Wenn ich dem Schicksale entgehn könnte, so möchte ich viel lieber gar nicht wieder heirathen; aber es würde nichts helfen, ich würde trotz dem mit meinen Weibern unglücklich seyn, und darum will ich dem Fatum lieber so seinen Gang lassen.

Was hab' ich denn aber gestern im Kopfe gehabt, als ich drüben im Zimmer war? Wahrhaftig, die Zauberwelt muß mit mir ganz etwas Eigenes vorhaben, daß mir so sehr besondere Zufälle begegnen. Wozu das Alles nutzen soll? Denn ich nehme doch keinen Zusammenhang und Menschenverstand darinnen wahr. Wenn ich nicht wüßte, daß Alles Zauberei wäre, so würde ich Alles platterdings nur für dummes Zeug erklären. So aber läßt sich mit dem Hexenwesen kein Spaß treiben, diese unsichtbaren Gewalten verstehn keinen Spaß, und nehmen Alles im äussersten Grade ernsthaft.

Welch' ein wundersames Gelüste befiel mich gestern nach dem Helme des alten Kriegsknechtes! Als wenn ich nicht selber Helme genug hätte, und gewiß bessere. Da kommen die Leute nun und sprechen immer, es gäbe ganz und gar nichts Unbegreifliches. Begreift mir einmal dies Alles zusammen, und Ihr werdet gewiß eine tüchtige Arbeit vor Euch finden. Ich bin aber doch neugierig, die Tapeten bei'm hellen Tage wieder anzusehn.

Er ging wieder nach dem Zimmer hinüber und stellte sich mit verschränkten Armen und aufmerksamen Augen vor die Wand hin. Wunderlich, fuhr er fort, daß ich diese Tapeten schon so lange habe, und sie bis dato noch nicht auf ähnliche Streiche verfallen sind. Ich bin zu einer Art von Vexiermenschen gemacht, dem alles Wunderliche begegnen muß, was sich für die übrigen ordinären Sterblichen nicht schicken würde. Aber der König David hat sich seit gestern, seit der Anstrengung recht verfärbt, er ist viel blasser geworden, und hier vom Mantel ist die rothe Farbe abgesprungen, Wenn das noch öfter vorkömmt, so verderben mir die ganzen Tapeten. – Still! Ich gerathe auf einen Gedanken. Das Wesen und dieser Unfug ist vielleicht das, was die Maler immer das Leben in einem Gemälde nennen. Ich habe oft einen Narren sagen hören: das Bild ist, als wenn es einen anspräche, als wenn es so eben vom Tuche heruntersteigen wollte. Nun so sind dies hier ganz deliciöse Stücke, denn sie steigen wirklich herunter, die Figuren treten so sehr heraus, wie ich noch bei keinem niederländischen oder italiänischen Künstler wahrgenommen habe. Und dann muß auch jeder Halbkenner zugeben, daß diese Gemälde viele Haltung, ja die größte Kontenance von der Welt haben, daß sie sich wieder an Ort und Stelle zurückverfügen, nachdem sie vorher in aller möglichen Freiheit herumgeschwärmt sind.

So philosophirte Peter vor seinen Tapeten, und ward nicht müde, alle einzelnen Figuren genau zu betrachten. Denn so bekannt sie ihm auch waren, so waren sie ihm doch durch den gestrigen seltsamen Zufall ganz neu geworden, und er machte immer neue Entdeckungen, die ihm ungemein wichtig waren.

Der Helm des Soldaten, der gestern seinen Neid erregt hatte, hatte eben nicht viel Besonderes. Es war ein gewöhnlicher Helm, der vorn mit einem Adler verziert war, die hintere Seite konnte man jetzt nicht sehn, weil sie dermalen im Gemälde steckte. Peter konnte immer noch nicht begreifen, was er an dem Helme so Sonderliches hatte finden können, und sagte endlich: Seht, so kann man wieder zum Kinde werden, wenn man es am wenigsten denkt; die Kleinen greifen auch nach gemalten Figuren, und ich bin seit der unendlich langen Zeit auch noch nicht klüger geworden. Weisheit hin, Weisheit her, die alte Fee hat Recht, der Verstand der Menschen steht auf gar schwachen Füßen. –

Peter, der die Ruhe nicht vertragen konnte, durchstreifte nach dem Tode seiner Frau das Land weit und breit, um Abentheuer aufzusuchen. Es stieß ihm aber nichts auf, das der Erzählung würdig wäre, als daß er sich an einem Abend verirrte und auf der Burg des Ritters *Strahlheim* einkehren mußte.

Strahlheim war einer von den äußerst seltenen Rittern, einer von denenjenigen, die vielleicht in keinem einzigen der zu häufigen Ritterromane vorkommen und dort beschrieben werden. Denn er war klein von Person und dick, und mußte sich in der Jugend als Liebhaber ungemein lächerlich ausgenommen haben; jetzt aber war er in denen Jahren, in denen die Leute von selbst ehrwürdig sind, denn er war Vater, und eine seiner Töchter hieß *Jakobine*. Die Hauswirthschaft war wunderlich genug beschaffen, denn der Vater glaubte Alles allein zu regieren; und doch kümmerte sich im Grunde Niemand um ihn; er tadelte sich in manchen Stunden selbst über seinen zu großen Despotismus, und nahm sich vor, sich zu bessern; und doch ward er beständig von seinen Töchtern tyrannisirt, er mußte thun, was sie haben wollten, und sie bekümmerten sich nie um seine Einwilligung. Vor allen übrigen war Jakobine herrschsüchtig, und hatte den meisten Willen im Hause. –

Der Verfasser bittet sich die Erlaubniß aus, hier nur eine ganz kleine Anmerkung zu machen.

Ich bin nämlich in Gefahr, daß mir hier viele Leser viel zu viel Verstand und Scharfsinn zutrauen und nach ihrem eigenen Scharfsinne den ganzen Pfiff zu merken und mich ungemein gut zu verstehen glauben. Sie meinen nämlich im Stillen, ich vertappe mich hier in die Allegorie hinein, und werde das Ganze nachher äußerst witzig, aber für die Staaten auch eben so gefährlich enden. Das Mädchen heiße natürlicherweise nicht umsonst gerade *Jakobine*, und man werde nachher schon gewahr werden, daß ich (der Verfasser nämlich) zu den hellen Köpfen gehöre, die u. s. w. – Andre Schriftsteller führen häufige Klagen, daß sie einen Leser haben, von dem sie nicht verstanden werden; ich klage im Gegentheil darüber, daß ich von dem meinigen viel zu gut verstanden werde. Wo ich zu denken aufhöre, fängt er sein rechtes Denken erst an, und macht es mir vielleicht eben dadurch möglich, im ganzen Buche geistreich zu bleiben, was ich gar nicht einmal anfangs gewünscht habe. Denn einem Buche, wenn es gefallen soll, sind die schlechten Stellen, (wenn man die Sache genau nimmt) eben so nothwendig, wo nicht nothwendiger, als die guten. Der Beweis ist leicht zu führen: Wir sehn es alle Tage, daß Bücher von allen Lesern mit der größten Begierde gelesen werden, die kaum zwei bis drei erträgliche Stellen aufzuweisen haben; daß im Gegentheil unsere klassischen Autoren, die vortrefflich sind, nur daß sie den Fehler haben, daß sie so gar nicht auf schlechte Stellen ausgegangen sind, ungelesen bleiben. So oft ich über Göthe's Werke urtheilen höre, wird es mir deutlich, ja die Menschen sagen es mir fast mit dürren Worten, wie sie sehr schlecht damit zufrieden sind, daß es durchgängig gut ist. Noch weit schlimmer ergeht es *Richtern*, in dessen Mondschein- und Zauberbüchern die Leser gerade die schönsten Stellen überschlagen und blos deswegen behaupten, Vieles in ihm sey geschmacklos, damit sie doch für sich selber einen hinreichenden Grund auffinden, warum sie ihn lesen.

Uebrigens, um wieder auf meine eigentliche Materie zu kommen, so bekenne ich hier frei und offen, daß ich bei diesem unschuldigen Buche gar nichts Gefährliches im Schilde führe, daß es überhaupt wohl endlich Zeit wäre, daß die Leser der witzigen und unwitzigen Anspielungen überdrüßig würden. Ich muß immer darüber lachen, wenn ein Schriftsteller viel auf sich selber hält, wenn er es durch Schimpfen und hinlängliche Demokratie in seinen Büchern dahin bringt, daß ihn die arme unschuldige Lesewelt für einen gefährlichen Menschen erklärt. Die Leser wollen dadurch blos ausdrücken, daß sie sein übermäßiges Winken verstanden haben; da aber unter den Lesern selbst Niemand, wie bekannt, gefährlich ist, wie steht es denn da um seine eigene Gefährlichkeit? –

Peter verliebte sich bald in Jakobinen und ward von ihr eben so heftig wieder geliebt. Sie hatte von je das Seltsame dem Gewöhnlichen, das Einfältige dem Verständigen vorgezogen; beides fand sie in Petern vereinigt, ihr Herz flog ihm daher sogleich bei'm ersten Anblick entgegen. Peter machte seinen Antrag bei'm Vater, der aber viel dagegen einzuwenden hatte, und ihm endlich die Tochter gänzlich abschlug. Peter ward zornig darüber und klagte Jakobinen sein Unglück; diese gestand ihm schnell ihre Liebe, und eine zärtliche Umarmung beschloß die Unterredung.

Jakobine ging sogleich zu ihrem Vater, der eben von einem kleinen Schlummer erwacht war, weil er die meiste Zeit damit zubrachte, sich zu erholen, so wie einige Schriftsteller fast nichts als Nebenstunden geschrieben und dabei eben nichts anders vorgenommen haben. Der Vater fing an:

Mein Kind, der fremde Ritter da hat so eben bei mir um Dich angehalten, aber ich habe Dich abgeschlagen, und ich denke, Du wirst mit meinem Willen zufrieden seyn.

Warum nicht, lieber Vater? denn Sie wissen ja doch am besten, was wir dienlich ist.

Natürlich, mein Kind, denn ich bin alt, ich habe Erfahrung, ich liebe Dich. Sieh, da kömmt bei mir Alles zusammen, weswegen ich Dein Glück am besten verstehn muß.

Was haben Sie aber gegen den Fremden?

Ich weiß nicht. Er gefällt mir nicht.

Er ist aber reich.

Ja, darin magst Du wohl Recht haben, das kann ich Dir in der That nicht abstreiten.

Er sieht gut aus.

So ziemlich, er sieht in der That ziemlich gut aus, wie Du da so eben sehr richtig bemerkt hast. Er sieht gut aus, das ist wahr, aber ich weiß doch nicht –

Was meinen Sie?

So ein gewisses Wesen hat er doch; der Bart da steht ihm nicht ganz gut, er hat ihn sich zu künstlich verschneiden lassen, so im holländischen Geschmack, den ich gar nicht liebe. Er kann nicht dafür, das ist freilich wohl wahr.

Er liebt mich.

Richtig, das hat er mir auch gesagt; das war just sein nämlicher Ausdruck.

Eine solche Parthie findet sich nicht alle Tage.

Darin magst Du auch wohl Recht haben.

Und ich liebe ihn ebenfalls.

Nein, mein Kind, hör' auf, mich zu bitten, denn es ist vergebens, da kann nun und nimmermehr etwas daraus werden. Schlage Dir diese unnützen Gedanken aus dem Sinne, oder, es thut mir sehr leid, aber im entgegengesetzten Falle muß ich das Vergnügen haben, Dir zu sagen, daß ich Dir meinen väterlichen Fluch gebe.

Gleich sind Sie mit dem Fluch bei der Hand.

Ja, wie soll ich Euch denn sonst bezwingen?

Aber, liebster Vater, sollten Sie denn mein Unglück wollen?

Gewiß nicht, Kind, gewiß nicht, da müßt' ich ja ein sogenannter grausamer Vater seyn; aber was den Ritter betrifft – –

Ich sterbe, wenn er nicht mein Mann wird.

So wird mir Deine Beerdigung sehr viel Umstände machen; bis jetzt ist noch aus unsrer Familie Niemand als eine Jungfer gestorben, und da Du die Erste wärst, so müßte es sehr prächtig dabei zugehn.

Ich sage Ihnen ja aber, daß ich nicht sterben will, sondern ihn heirathen, und durchaus will ich es, durchaus!

Also gänzlich durchaus? Da hilft keine Widerrede? Nun, liebe Tochter, hätte ich gewußt, daß es Dein ernster Wille wäre, so hätte ich Dir gleich meine väterliche Einwilligung gegeben, ohne weitere Umstände. Gieb Dich also nur zufrieden, Du sollst ihn haben, und ich will Dir auch meinen Segen geben.

Er segnete sie hierauf und fuhr dann fort: Ja, Du hast Recht, er ist ein vortrefflicher Mann; ich hatte diese Parthie auch schon im Stillen überlegt, und es freut mich, daß Du so ganz als eine gehorsame Tochter meinem Willen gehorchest.

Wie konnten Sie aber so grausam seyn, mir sogleich mit Ihrem Fluche zu drohn?

Ich sehe es freilich recht gut ein, ich muß Anstalten treffen, mir diese verdammte Hitze abzugewöhnen, die mich immer so unvermuthet überrascht. Man ist nicht immer Herr über sich, mein Kind, aber ich will mich bessern, Du kannst Dich darauf verlassen, vergieb mir nur diesmal.

Sie umarmten und versöhnten sich völlig; die Verlobung der beiden Verliebten ward noch an eben dem Abend vollzogen. Der alte Strahlenberg ging vergnügt zu Bette und schlief sehr ruhig.

Jakobine hörte bald nach der Hochzeit auf, den Blaubart zärtlich zu lieben, aber an die Stelle der Liebe trat die Eifersucht. Es ist gar nicht nothwendig, daß derjenige, der eifersüchtig ist, auch liebt, so wie der, der wirklich liebt, nicht immer eifersüchtig ist. Sie quälte daher den guten Ritter unaufhörlich mit den Fragen: ob er sie auch wirklich liebe? Ob er ihr nicht ungetreu sey, oder noch werden könnte? Petern fielen diese Besorgnisse sehr zur Last, und er kam ihr am Ende mit seinen Betheuerungen der ewigen Liebe immer schon entgegen. Sie aber fragte jedesmal von neuem: Liebst Du mich auch wirklich?

Peter sagte unwillig: Theuerste Gemahlin, ich liebe Dich unaussprechlich, aber eben deswegen laß mich in Ruh, weil es mir fatal ist, beständig davon zu reden.

Aber ist es nicht Dein Scherz? Liebst Du mich so, wie ich es verdiene?

Ich scherze fast niemals, mit der Liebe vollends nicht, und daß ich Dich wirklich liebe, siehst Du ja daraus, daß ich Dich wirklich geheirathet habe.

Das ist eine schlechte Versicherung. Man sollte in jeder Stunde sein Herz fragen, ob es auch etwa noch nicht im Begriff sey, zu erkalten, denn nichts ist in der Seele des Sterblichen so zart und eben darum auch so vergänglich, als die Empfindung der Liebe. Man glaubt oft noch diesen schönen Gast zu beherbergen, wenn die kalte Gleichgültigkeit in unserm Herzen ihr Lager aufgeschlagen hat. Darum, überlege wohl, was Du sagst.

Ich kenne mich und rede nicht in den Wind.

Nun so wirst Du mir auch meine Bitte nicht abschlagen, an der mir so viel liegt.

Nenne sie.

Schaff' die Haushälterin ab, schaff' Mechthilden fort; denn wenn sie auch älter ist, als ich und Du, so kann ich sie doch nicht mit ruhigem Auge betrachten.

Peter versprach es, gerieth aber mit seinen Gedanken in große Verlegenheit, denn er fürchtete die Macht Mechthildens, die er schon hatte kennen lernen. Er glaubte, Jakobine würde mit der Zeit wohl ihrer Bitte vergessen, und es hernach überdrüßig werden, ihn öfter daran zu erinnern.

Durch diesen Zufall aber kam Peter seit langer Zeit wieder zum ersten Male darauf, Mechthilden genauer zu betrachten. Er erinnerte sich bei der Gelegenheit, daß sie einst seine Geliebte gewesen sey, und sie fing an, ihm von neuem zu gefallen. Er sprach öfter mit ihr, er erinnerte sie an die ehemaligen zärtlichen Empfindungen, die sie für einander gehegt hatten, und der scharfsichtigen Jakobine entging kein Gespräch, kein Blick. Ja, als sie an einem Abend wahrnahm, daß der Ritter die Haushälterin küßte, konnte sie unmöglich ihren Zorn länger zurückhalten; sie beschloß, sich an Mechthilden zu rächen.

Die Rache bestand in jenem barbarischen Zeitalter selten, wie bei uns, in einer Verläumdung oder in einem verächtlichen Gruß, oder darin, daß man gar nicht grüßte, sondern jene Menschen in dem sogenannten Mittelalter (das daher auch für Romanenskribenten an interessanten Situationen sehr reichhaltig ist,) trieben gewöhnlich eine etwas handfestere Rache. Jakobine war nämlich ohne weitere Umstände fest entschlossen, ihre Nebenbuhlerin aus der Welt zu schaffen. Sie hatte bemerkt, daß man den lästigen Fliegen und Ratten Gift zu streuen pflegte, und wollte diese Gewohnheit auf die Haushälterin anwenden.

Mechthilde merkte bei aller ihrer Weisheit nichts von diesem Vorsatze, und Jakobine war heimtückisch genug, sich freundlich gegen sie zu stellen, um ihr jeden Argwohn zu benehmen; als sie aber an einem heißen Nachmittage über ihre Weinflasche ging, um nach den Regeln der Diät sich durch ein hitziges Getränk etwas abzukühlen, empfand sie bald schreckliche Schmerzen in der Brust. Peter kam zu ihr, sie zu besuchen, und erstaunte, da er sie krank fand. Mechthilde war im Begriff, den Geist aufzugeben, als sie sich zum Glück noch plötzlich auf kräftige Gegengifte besann, und sie eben so schnell mit ihren geschickten Händen zubereitete. Sie trank sie gierig ein und rettete dadurch ihr Leben; aber ein anderes, weit größeres Wunder ging nun vor Peters Augen vor. Durch die Gewalt des Giftes, das nicht ganz gedämpft werden konnte, verwandelten sich alle Züge im Angesicht der Haushälterin, ihr Auge fiel zurück und wurde matt, ihre Wangen sanken ein, die Arme wurden dünne, sie wurde eine kleine, alte zusammengebogene Figur, mit einem Höcker auf dem Rücken und einer langen Nase.

Peter schlug zu wiederholten Malen vor Erstaunen die Hände über den Kopf zusammen und konnte sich in der Begebenheit gar nicht zurecht finden; Mechthilde besah sich stillschweigend im Spiegel, und brach dann seufzend in die Worte aus: O wie gerecht ist das Schicksal!

Sechszehntes Kapitel
Die Versuchung

Peter blieb nachdenkend für sich und sagte: O wie sehr wird es mir doch zur Last, daß mich meine Gemahlin so übermäßig liebt! Wohl ist es wahr, daß Alles sein Ziel haben will. Ich wollte, ich wäre ihrer erst wieder erledigt, da sie überdies so boshaftig ist und mir meine getreue Haushälterin gänzlich verdorben hat. Da sie mich aber so sehr liebt, wird sie der Versuchung mit dem Schlüssel gewiß widerstehen; sie ist ganz ohne Zweifel tugendhaft, und dann muß ich meine ganze Lebenszeit mit ihr aushalten. Auf den Fall wäre ich gewiß übel gebettet. Ach! Unglück mit Weibern zu haben, ist kein so leichtes Unglück, das seh' ich jetzt wohl ein, ich hätte mich doch besser bedenken sollen, die Feinde hätte ich mir schon so wollen vom Halse schaffen. Aber nunmehr ist alles Klagen zu spät.

Er reiste hierauf wieder fort, und gab Jakobinen den goldenen Schlüssel, mit dem strengen Befehl, das Gemach ja nicht zu eröffnen. Sie versprach es.

Mechthilde hatte mit ihrer äußern Gestalt zugleich ihren ganzen Charakter verändert; sie war boshaft und heimtückisch geworden, und nahm sich vor, sich an allen Menschen, zuerst aber an Jakobinen zu rächen. Der Ritter war daher kaum fort, als sie das Gespräch auf das verbotene Zimmer lenkte und bei der Frau daher bald den Argwohn erregte, daß irgend eine Geliebte Peters sich dort versteckt halten könne, und daß er es deswegen so strenge verboten habe, das Zimmer zu eröffnen. Jakobine konnte nicht widerstehn, sie ging hinein, und Mechthilde verwandelte den goldenen Schlüssel in einen schwarzen, so daß der Blaubart das Vergehn sogleich entdeckte, als er zurückkam.

Siebenzehntes Kapitel

Peters Gespräch mit Bernard

Nach meinem Urtheil ist es in vielen Rücksichten ein übles Gewerbe, Schriftsteller oder Schallspieler zu seyn. Kein Mensch fragt nach der Stimmung, in der sich der spielende oder schreibende Mensch befindet; sondern er muß den Gang fortgehn, der ihm vorgeschrieben ist, die traurigsten Sachen darstellen, wenn er fröhlich, die lustigsten, wenn er schwermüthig seyn möchte. Wenn ein Romanenschreiber in dem genau berechneten Plane seines Werkes eingespannt liegt, und sich, wie ehemals *Trenk* aus dem Magdeburger Gefängnisse, schon zur Hälfte durchgearbeitet hat, und nun nicht weiter kann; wenn er fortfahren muß witzig zu seyn, und es ist ihm ein Unglück begegnet, oder er hat sich gerade an Witz erschöpft, oder er möchte gern einen pathetischen Schriftsteller nachahmen; man denke sich die schreckliche Lage eines solchen Mannes, der nun weder vor-, noch rückwärts kann! Er hat Alles motivirt und begründet, er hat sich alle Mühe gegeben, die Ver- und Entwickelung zu präpariren, er hat zu seiner eigenen Qual einen höchst scharfsinnigen und durchdachten Plan ersonnen, von dem er nun nicht abweichen darf, ohne sein vortreffliches Werk zu verderben – und doch kann er die Stimmung, die Lust, den Muth nicht wiederfinden, mit dem er es bis dahin geführt hatte. So wie der Mensch einer Situation überdrüßig werden kann, die sonst sein höchster Wunsch gewesen war, so kann ihm auch ein Buch fatal werden, das er mit dem größten Eifer zu schreiben angefangen hatte.

Sind deswegen wohl jene liebenswürdigen Schriftsteller zu verachten, die sich niedersetzen und schreiben, um ganz Deutschland zu unterhalten, und dabei nicht ein Jota eines Plans im Kopfe haben? Sie machen sich aus ihrer Arbeit einen Spatziergang durch Blumen, durch schattige Wälder und sonnige Ebenen, sie amüsiren sich selbst über ihre Schreiberei, und verwundern sich mehr, als der Leser, über die eintretenden Vorfälle. Ihre Erfindungen gehn unmittelbar vom Kopfe auf's Papier, sie machen vorher keine Skizzen ihres Werks, keine Studien, die sie nachher ausführen, sondern ein Wort giebt das andre, ein Held lockt den andern hervor, und der deutsche Leser liest es und freut sich, er kümmert sich eben so wenig um die regelgerechte Pedanterie, als der Verfasser, genießt eben so ohne Nachdenken, das ihn nur stören würde, und ist mit sich und dem Dichter sehr zufrieden.

Ist es einem Menschen, der sich bilden möchte, daher wohl zu verdenken, wenn er sich diese Leute als Muster vor die Augen stellt, und ihnen ohne weitere Umstände nachahmt? Ich bin aufrichtig genug, zu erklären, daß ich es so gemacht habe, und darum habe ich mir eben unter so vielen tausend Geschichten, die ich nehmen konnte, gegenwärtige ausgesucht, weil sie meinem Humor am besten zusagte. Charaktere treten auf und verschwinden wieder schnell, ohne daß sie die närrische und lästige Prätension machen, daß man sie genau beibehalten und durchführen soll; denn der scharfsinnige Leser wird es ohne Zweifel wohl von selbst verstanden haben, daß Jakobine nunmehr auch umgekommen ist; und wenn ich nicht über jeden Todesfall die Glocken läuten lasse und den Leser dadurch zu einer viel zu großen Rührung und Theilnahme zwinge, so muß der Leser mir eben darum manchmal auf mein Wort, ohne weitere Umstände glauben, daß der und jener gestorben sey. Denn so sind auch schon manche Leute, die ich nicht namhaft gemacht habe, in den Fehden umgekommen, die Peter immer glücklich zu Ende führt.

Ich muß den Leser versichern, daß mir wirklich die Geschichte an manchen Stellen zu grausam wird; denn ich habe auch so ein närrisches Ding von weichgeschaffenem, edelmüthigem Herzen in mir. Aber ich stecke nun einmal in der Erzählung, die zwar mannigfaltig genug ist, dabei aber doch immer Mord und Todtschlag zur Hauptsache macht. Wenn man sich niedersetzt, ein solches Buch auszufertigen, so interessirt den Schreiber der Gegenstand, ohne daß er es sich deutlich denkt, was eigentlich das Umkommen seiner Personen alles auf sich habe; jetzt ist es zu spät, und ich muß mich nun schon gefaßt machen, alle die Rührungen zu überstehn, die ich in diesem Buche noch zu erleben habe. Wenn ich es nur dahin bringe, daß der Leser sich Exempel nimmt, spiegelt und in diesem oder jenem Puncte bessert, so will ich meine Haut gerne dran setzen und alle die Erschütterungen nicht achten, die etwa noch vorfallen dürften. Der Leser hat es darum sehr gut und bequem, weil ich das Wichtigste immer auf mich nehme und den besten Theil des Pathetischen vertusche: solches geschieht aus bloßer Liebe gegen den Leser, damit auch schwächliche und nervenkranke Personen ohne Nachtheil ihrer Gesundheit diese Geschichte lesen und verstehen mögen.

Peter war sehr verdrüßlich und ging im Walde auf und ab, als ihm nach langer Zeit wieder einmal der alte Zauberer *Bernard* begegnete. Bernard freute sich, ihn zu sehn, und fragte ihn dann, ob er zufrieden sey.

Gar nicht, antwortete Peter.

Ihr seyd selber Schuld, sagte Bernard, ich betrübe mich, so oft ich an Euch denke. Eure Lebenszeit vergeht, es geschieht nichts, und ich hatte so große, so übergroße Dinge mit Euch vor. Ich hatte Euch zum Helden einer wunderbaren, fast unglaublichen Geschichte auserlesen; Alles, was Alexandern, Cäsarn, Hannibaln und die übrigen schon einzeln groß machte, hatte ich in Euch vereinigt, daneben war Euer Leben mit den interessantesten Verwickelungen angefüllt, Eure Liebe ging mit Euren großen Thaten immer Hand in Hand, und in Eurer Geliebten hatte sich die höchste Schönheit und der größte Geist vereinigt. Ich wollte Euch dann Episoden interessanter Nebenpersonen herbeischaffen, die Euch als Hauptperson noch mehr emporhöben; ich habe auch aus dieser Ursach mit einigen Rittern Bekanntschaft gemacht, die dazu gut genug taugen, aber nun habt Ihr mir das ganze Concept verdorben, und ich möchte darüber in Verzweiflung fallen.

1) Seyd Ihr an Euch selbst ein uninteressanter Charakter, der keine hervorstechende Seiten hat und keinen Leser besonders anziehn kann. Doch davon kann man mir die meiste Schuld beimessen, denn ich hätte in der Wahl des Helden etwas vorsichtiger seyn sollen.

2) Habt Ihr Euch mit Eurer Beschützerin erzürnt, und Ihr habt nun gleichsam keinen festen Grund, auf dem Ihr fußen könnt. Eure Geschichte

wird nimmermehr einen recht brillanten Schluß bekommen können. Daran seyd Ihr selber Schuld.

3) Seyd Ihr einfältig und habt gar einen blauen Bart. Ich frage Euch um's Himmels willen, wo Ihr dergleichen in Eurem Leben gehört, oder auch nur gelesen habt. Ihr dürft mir *Friedrich mit der gebissenen Wange* nicht anführen, denn ein Biß in der Wange ist von einem blauen Barte immer noch sehr verschieden, und dient nur dazu, jenen Mann individuell, nicht aber komisch zu machen. Er ist auch außerdem bei weitem nicht so dumm, als Ihr es seyd. Das sind sehr wichtige Unterschiede, mein Freund, auf die Ihr etwas mehr Acht geben müßt. Auch den Dummkopf *Hasper a Spada* könnt Ihr mir nicht einwerfen, denn es kommt bei der Gelegenheit doch viel vor von den Brückenketten, vom Burgverließ und so weiter, wovon aber bei Euch nimmermehr die Rede ist.

4) Nehmt Ihr gar nichts Merkwürdiges vor, Fehden und immer Fehden, lauter unbedeutende Kleinigkeiten, um die sich kein Mensch bekümmern möchte. Ihr thut nichts Großes, Ihr rettet Niemand das Leben, Ihr besteht keine große Gefahr, Ihr begeht nichts Eigenthümliches, Ihr seyd nicht im mindesten originell.

5) Ist gar keine Einheit in Eurer Geschichte, und das ist einer der schlimmsten Vorwürfe, die man Euch machen kann. Ihr werdet mir einwenden, daß man dasselbe von vielen Helden des Alterthums sagen könne, wie z. B. von dem unbekannten Buche: *Hiero und seine Familie*. Ihr müßt aber so gut seyn, zu bemerken, daß hier im Titel schon die ganze Entschuldigung liegt, daß man den Verfasser eben so wenig, wie eine alte Muhme anklagen könne, die nicht bei Einer Person stehn bleiben können, wenn sie uns versprechen, von einer ganzen Verwandtschaft Nachrichten zuzutragen. Dabei müßt Ihr nicht vergessen, daß dieses Buch mehr geschrieben ist, daß Fürsten sich darnach bekehren und bessern, als daß es von unfürstlichen Lesern gelesen und verstanden werden soll. Eine gleiche Absicht hat die Bibliothek, die uns der Verfasser des *Marc-Aurel* mitgetheilt hat, und Ihr dürft daher diesen Helden so wenig als den Theodot oder Gelon anführen, um mir beweisen zu wollen, daß der Hauptheld ein Dummkopf seyn dürfe. Steift Euch auch nicht auf

den *Joseph* in den Pyramiden, denn dieses Buch enthält eine geheime Geschichte und so viele Anspielungen, daß man es schwerlich verstehn wird; dieser Joseph kann kaum von seinen Brüdern wieder erkannt werden. Wenn Ihr mir aber einige Personen des *Veit Weber* einwenden wollt, so weiß ich Euch darauf freilich nicht zu antworten; nur halte ich es immer für gefährlich, wenn Ihr Euch nach denen bilden wollt. – Also, mir ist es gar nicht recht, daß Eure Weiber kommen und verschwinden, man weiß nicht wie; das müßt Ihr Euch abgewöhnen.

6) Seyd Ihr ein grausamer, roher Mensch, ein unmoralischer Charakter. Legt diese Untugenden ab; denn ich will Euch nur zu bedenken geben, in welche Gefahren Ihr Euch dadurch muthwillig stürzt. Ich will gar nicht einmal davon sprechen, daß Ihr als ein edlerer Mensch zufriedner leben würdet und bei andern mehr Interesse erregen, sondern ich will Euch nur auf die bekannte poetische Gerechtigkeit aufmerksam machen, die es gewiß am Ende erfordern und verlangen wird, daß Ihr zum Nutzen der Moralität auch umkommt. Vor dem Tribunal gilt kein Apelliren, und selbst ich, ja sogar Eure ehemalige Beschützerin, könnten Euch davon nicht erretten; denn thäte ich es auch, so fiele die ganze Schmach der verletzten poetischen Gerechtigkeit auf mich, und es wäre ein Glück für mich, wenn ich selber der Todesstrafe entginge. Bessert Euch, bessert Euch, es ist die höchste Zeit. –

Ihr kommt mir fast närrisch vor, erwiederte Peter verdrüßlich, laßt mich mit meinem Lebenslaufe in Ruhe.

Mit nichten, sagte Bernard hitzig, denn Ihr müßt wissen, daß Ihr kein gewöhnlicher Mensch seyd; Ihr seyd gleichsam ein abstracter Begriff, eine Vereinigung und Mixtur, aus allem dem zusammengesetzt, was man an den übrigen Menschen wahrnimmt. Denkt Ihr denn, mein Freund, daß Ihr ein unidealisches Leben führen dürft? Ihr werdet mich am Ende dahin bringen, daß ich Euch mit Gewalt zum Anders- und Besserseyn zwinge, so wie es dem *Attila* ergangen ist, der auch so ein Starrkopf war, wie Ihr seyd; derselbe ist in seinem eigenen, fast ganz dialogisirten Leben in ein reines Vernunftprinzip verwandelt, zum Warnungsexempel und Schrecken für alle ähnliche eigensinnige Bösewichter.

Haltet Ruhe mit Eurem Geschwätz, sagte Peter erzürnt, ich weiß so nicht, wo mir der Kopf steht.

7) Fuhr Bernard ungestört fort, taugt das Zauberwesen in Eurem Leben gar nichts, es grenzt gar zu sehr an's Kindische und Abgeschmackte. Aber Ihr seyd Schuld daran, weil Ihr die Fee böse gemacht habt, so daß nun gewiß keine interessante Geistererscheinung weiter auftritt.

Peter wandte sich stillschweigend um, und wollte nach Hause gehn, aber Bernard hielt ihn mit Gewalt zurück. – Nun, was hattet Ihr mir denn zu sagen? fragte er freundlich.

Herr Bernard, sagte Peter, ich höre alle Tage, daß alle Menschen sterben müssen; ist das wahr?

Nichts ist so sehr wahr, sagte der Alte. Alle sind bis jetzt gestorben, und es wird uns auch so ergehn.

Aber wir sind doch noch nicht todt, fuhr Peter fort, wir können ja also nicht wissen, ob mit uns nicht eine Ausnahme gemacht wird.

Verlaßt Euch darauf nicht, rief Bernard aus, denn es ist äußerst unwahrscheinlich.

Also Ihr meint nicht, daß unser eins davon käme?

O, das ist ja eine Narrenhoffnung.

Es ist aber doch schrecklich, so zu sterben. Nicht sowohl, weil ich mich vor dem Tode fürchte, als daß ich es gerade seyn soll, der sterben muß, es thut mir nur um meine Person leid.

Ihr fangt an, toll zu werden, sagte der Alte ergrimmt, so daß freilich meine Warnung sehr unnöthig war, daß Ihr Euch vor den Tollen hüten solltet.

Nein, versteht mich nur recht, sagte Peter, versteht's nur so, wie ich es meine, so ist es ein ganz verständiges Ding. Seht, man sagt das Wort *Tod* oft, man spricht oft vom *Sterben*, und giebt den ganzen Satz zu; aber man denkt nie daran, was, was er eigentlich zu bedeuten hat. Wenn ich in der Nacht allein bin, und mir fällt es auf's Herz, daß das Wesen, das so dicht an mir im Bette liegt, das eben Niemand, Niemand anders ist, als ich, daß dieses in die feuchte, kalte Erde soll eingegraben werden, von Wandrern zerstampft, von Würmern zernagt; daß ich da liegen soll, wo keine Sonne zu mir kömmt, wo ich keine Trompete und kein Siegsgeschrei mehr höre; wo Menschen über mir sind, die mich nicht kennen, und von denen ich nichts weiß, – bedenkt einmal, ob mir dann nicht Alles soll jämmerlich und verächtlich vorkommen, was ich jetzt thue und worüber ich mich freue. Wenn ich denn doch einmal *sterben muß*, warum sterb' ich nicht jetzt? Warum ward ich nur je geboren? Was wollen sie mit mir, daß ich so in die Welt hineinkam, und daß ich mich nun ablebe, und es denn doch irgend einmal aus und ganz vorbei ist? Seht, darin liegt eben kein Menschenverstand, und das macht mich so betrübt. Wenn Ihr es überlegt, daß im ganzen Menschenleben kein Zweck und Zusammenhang zu finden ist, so werdet Ihr es auch gern aufgeben, diese Dinge in meinen Lebenslauf hineinzubringen.

Wahrhaftig, Du hast Recht, sagte Bernard, und Du bist wirklich verständiger, als ich dachte.

Ich bin vielleicht klüger als Ihr, sagte Peter, ich lasse mir nur selten etwas merken.

So wäre also, sagte Bernard tiefsinnig, das ganze große Menschendaseyn nichts in sich Festes und Begründetes? Es führte vielleicht zu nichts, und hätte nichts zu bedeuten, Thorheit wäre es, hier historischen Zusammenhang und eine große poetische Composition zu suchen; eine Bambocchiade oder ein Wouvermanns drückten es vielleicht am richtigsten aus.

Das kann wohl seyn, sagte Peter, aber helft mir doch gegen meinen Gram. Gebt mir irgend eine Medicin, die mir das kalte Grauen vertreibt, wenn ich manchmal meinen Körper betrachte; macht, daß ich meine Sterblichkeit vergesse und so leben kann, als wenn Heute immer Heute bleiben würde, als wenn kein Morgen dahinter stände, und wieder ein zweites Morgen und so ein Tag dem andern die Hand gäbe, und mich endlich als einen Gefangenen dem letzten gräßlichen Tage überlieferte.

Eine Medicin dagegen? fragte Bernard verwundert. Ich sage Euch ja, daß diese Gemüthsstimmung Euren Verstand ausmacht, Euren Werth.

Hol der Teufel den Verstand! sagte Peter, er ist mir äußerst ungelegen. Ich merke, man kann in dieser Welt nicht dumm genug seyn, um fortzukommen.

Aber wolltet Ihr denn ewig leben? fuhr der Alte heraus.

Warum nicht?

O pfui, über die Unverschämtheit! Immer wieder und immer von Neuem durch unendliche Zeiten das alte Spiel zu beginnen, und nie, nie ein Ende zu ersehn! Wie nichtswürdig müßte der Mensch werden, wenn er nicht endlich von sich selber erlöst würde! – Lebt wohl, es ist mit Euch nichts anzufangen.

Sie schieden verdrüßlich von einander.

Achtzehntes Kapitel

Caroline

Peter fragte seinen bleiernen Kopf wieder um Rath, ob er sich verheirathen sollte, der von Neuem Nein sagte. Du hast gegen Alles etwas einzuwenden, rief Peter aus, und hältst Dich immer für den Klügsten; aber Dir zum Possen will ich es dennoch thun, und wenn auch alle Weiber nichts taugen sollten, so will ich eben deswegen eine nach der andern heirathen, um sie umzubringen.

Er hatte ein Mädchen gesehen, das sein Herz gefesselt hatte. Sie war die Tochter eines sehr armen Edelmanns, und der Vater gab deswegen gern seine Einwilligung. Caroline hatte den Ritter mit ihren zärtlichen Blicken erobert, und er hatte sich eingebildet, daß er nur allein solche Blicke bekäme; Caroline aber sah jeden Mann so an, der noch unverheirathet war, und kannte keine größere Freude, als recht Viele dahin zu bringen, daß sie in sie verliebt wurden.

Als Peter sie geheirathet hatte, fing sie sogleich an, ihre ganze Lebensart abzuändern. Es war ihr etwas Neues, Geld ausgeben zu dürfen, und sie ließ es also daran nicht fehlen. Peter ließ sie gewähren, weil er ihr nicht gleich die ersten Wochen des Ehestandes verleiden wollte. Caroline gab daher große Gesellschaften, zu denen sie meistentheils Frauenzimmer bat und in denen ihr Mann auch nicht erscheinen durfte.

Beide Verehlichte sahen sich nachher sehr selten, und Peter stellte mit ihr, als er wieder einmal abreiste, auch die Schlüsselprobe an. An demselben Tage war bei ihr eine große Theegesellschaft von vielen Damen, und nach mancherlei Gesprächen und Verläumdungen ließ Caroline auch den goldenen Schlüssel herumgehen, und jedes Frauenzimmer betrachtete ihn sehr genau.

Das Kleinod sollten Sie auf der Brust tragen, sagte die Eine.

Oder in einen Ring fassen lassen.

Man könnte es auch in den Haaren tragen, bemerkte die Dritte.

Jede hatte einen Vorschlag, und Alle bewunderten den schönen Schlüssel. Caroline erzählte ihnen, daß es ihr verboten sey, das Zimmer zu eröffnen, zu dem er gehöre.

Und Sie kehren sich daran? fingen Alle mit Einer Stimme an.

Ich muß wohl, mein Mann –

Ei, was Mann? Wenn man Alles thun wollte, was die Männer verlangen –

Ja wohl, man muß es ihnen gar nicht in den Kopf setzen, daß sie etwas zu befehlen haben.

Ich wollte meinen Mann führen, wenn er sich so etwas herausnähme.

Alle. Es wäre himmelschreiend, wenn uns die Männer so behandeln wollten.

1) In dem Zimmer müssen doch Heimlichkeiten seyn.

2) Die Sie nicht wissen sollen.

3) Er macht vielleicht Contrebande.

4) Oder zitirt Geister.

5) Oder hat sein Geld da liegen.

6) Es ist schlecht, daß er Ihnen etwas verschweigt.

Alle. Sie müssen's nicht leiden.

1) Ich bin sonst nicht neugierig, aber ich möchte wissen, was in dem Zimmer wäre.

2) Ich wollte es gewiß nicht weiter sagen.

3) Ich auch nicht.

4) Er würde es uns vielleicht von selbst zeigen, wenn er zu Hause wäre.

5) Vielleicht Seidenstoffe.

6) Oder Juwelen.

Alle. O, seyn Sie so gut und zeigen Sie uns das Zimmer.

Caroline hatte genug zu thun, sie abzuhalten, daß sie nicht mit Gewalt hineindrangen; aber sie hatte Muth genug dazu, weil sie doch den strengen Befehl ihres Mannes fürchtete. Die Weiber verließen sie endlich, und waren Alle sehr aufgebracht, daß sie ihnen eine solche kleine Gefälligkeit abgeschlagen hatte; sie erklärten die Frau und den Mann für gleich große Narren, und also für ein Paar, das für einander geschaffen sey.

Neunzehntes Kapitel
Bernards Monolog

Aber die Weiber haben nicht Unrecht, sagte Caroline, als sie allein war. Mein Mann handelt nicht so gegen mich, wie es seine Pflicht wäre, er vernachlässigt mich, er verachtet mich. Warum hat er Geheimnisse vor mir? Und warum gebietet er mir so strenge, wie einer Sclavin? Er hätte mich bitten sollen, so hätte ich ihm gehorcht, aber jetzt sehe ich keine

Nothwendigkeit dazu. Der Tyrannei muß ein freies Gemüth nie gehorchen.

Aus Verdruß gegen ihren Mann eröffnete sie das Zimmer, und erstaunte nicht wenig, als sie den Schlüssel hernach in eine eherne Schlange verwandelt sah.

Ueber ihren Tod lassen wir, um den Leser zu schonen, wieder den Vorhang fallen.

Bernard wußte sogleich diesen ganzen Vorfall.

Ist es nicht eine Schande? rief er aus; nein, es ist nichts mit ihm anzufangen, und er bessert sich auch nicht. Was soll ich mit einem Solchen beginnen? Kein Streben nach der Größe, nach dem Edelmuthe, nach dem Idealischen liegt in ihm; alle meine Mühe ist vergebens, er erlebt nichts, und ich erlebe keine Freude an ihm. Ich wette, daß seine einfältige Geschichte noch einmal ein altes Weibermährchen wird; daß man seinen Namen gebraucht, um unruhige Kinder in den Schlaf zu bringen. Noch einen Versuch will ich machen, gelingt der nicht, so ziehe ich meine Hand von ihm ab.

Zwanzigstes Kapitel

Peter faßt einen Vorsatz

Bernard war entschlossen, seinen Liebling noch einmal aufzusuchen, und den letzten Versuch anzustellen, ob er ihn nicht bessern könnte. Er traf ihn in dem Wäldchen an, das an die Burg stieß.

Seyd Ihr noch nicht besser entschlossen? fragte er den Ritter.

Nimmermehr, antwortete Peter ergrimmt, alle Deine Reden sind umsonst, ich lebe fort, wie es sich eben fügen will, und weiter bekümmere ich mich um nichts.

Sie gingen neben einander, und Bernard suchte seinem Helden die Reize einer romantischen Lebensart recht anlockend darzustellen, um ihn für seinen Plan zu gewinnen.

Ihr sprecht immer, rief Peter aus, und wißt nicht, was Ihr wollt. Hat sich da was romantisch zu seyn, wenn sich die Gelegenheit dazu nicht finden will. Wo soll ich die interessanten Situationen, Verwickelungen, Empfindungen und dergleichen denn nun vom Zaune brechen? Es sollte für Euch selber ein Kunststück seyn, einen solchen Lebenslauf zu führen, ob Ihr Euch gleich für so außerordentlich klug haltet.

Jetzt, sagte Bernard, fändet Ihr zwar da die schönste Gelegenheit, etwas aus Euch zu machen.

Wie so?

Erinnert Ihr Euch vielleicht noch der kleinen Adelheid, die mit Euch auferzogen wurde?

O ja.

Sie ist von ihrer Kindheit an von der Fee Almida beschützt worden, die sich eine Freude daraus macht, sanfte Ruhe und Stille, liebliche Heiterkeit über jeden Lebenslauf zu verbreiten. Diese Fee ist in allen Sachen die Feindin von jener unterirdischen, die Ihr die Ehre gehabt habt, kennen zu lernen. Sie wohnt auf einer weit entlegenen Insel in einem Palaste, der mit lauter Gesang und Sonnenschein angefüllt ist, kein Sterblicher naht ihrer Behausung, kein lautes Geräusch ertönt auf der Insel.

Was geht mich das Alles an? fragte Peter.

Adelheid, die sie beschützt, wird sich in Kurzem verheirathen; entführt sie, so habt Ihr eine Braut und eine Fehde mit dem Bräutigam, zugleich ist dies ein Mittel, jene uralte Fee wieder zu versöhnen.

Das Ding sollt Ihr mir nicht zweimal sagen, rief Peter aus; Adelheid war überdies meine Geliebte, als ich noch klein war.

So gefallt Ihr mir, sagte Bernard, dadurch wird also auch noch zugleich das Interesse der Empfindung erregt.

Sie überlegten hierauf, auf welche Art sie ihren Vorsatz am besten ausführen könnten.

Ein und zwanzigstes Kapitel

Peter geht auf Abenteuer aus

Es war nun der Tag gekommen, an welchem Adelheid mit ihrem Bräutigam, dem Ritter Löwenheim, verheirathet werden sollte. Es war ein großes Fest in den Dörfern angestellt, und Löwenheim wollte mit einem fröhlichen Zuge die Braut von ihrem Landsitze abholen, und sie so dem seinigen zuführen, der nicht weit davon lag. Bernard hatte alle Anstalten und die Gelegenheiten auskundschaftet, und gab von Allem seinem Freunde, dem Blaubart, sichere Nachricht.

Peter zog mit einer gerüsteten Mannschaft aus und legte sie in den Hinterhalt, er selbst kletterte auf einen hohen Baum, der die Gegend übersah, um das Brautpaar zu erwarten.

Hier sitze ich nun wie ein Vogel in den hohen Lüften, sagte Peter, wie ein Jäger, der auf Raub ausgeht, und nachher mit seiner Beute fröhlich nach Hause kehrt. Ich wiege mich in den Wipfeln, und warte auf ein Abenteuer. Wahrlich, Bernard hat Recht, wenn er sagt, daß ein solches Leben mehr werth ist, als jenes andere ruhige. Wie schön ist es, wenn man so hoch sitzt und über viele Sachen hinwegsehn kann, die einem sonst im Wege sind. Mich wundert, daß die Vögel nicht deswegen eine sehr stolze Nation werden, weil sie in ihrem Fluge gar nicht die Irrthümer begehn können, in denen wir auf unsern Reisen immer leben.

Ueber solche Gedanken schlief Peter oben ein und merkte es nicht, daß sich der Zug der Neuvermählten näherte.

Es war ein heller, warmer Frühlingstag, und Löwenheim zog jetzt mit seiner Braut durch den sonnenbeglänzten Wald, in dem Nachtigallen lieblich sangen und Finken aus ihren Nestern schrieen. Voran gingen Spielleute mit fröhlichen Schalmeien, Flöten und Waldhörnern, geputzte Dorfleute folgten mit Tänzen und einigen geschmückten Gästen. Die Heiterkeit leuchtete auf allen Gesichtern, und Alle überließen sich der Fröhlichkeit, als plötzlich Peters Hinterhalt hervorbrach und unter die musicirenden und singenden Hochzeitleute hineinstürzte. Alle waren erschrocken, Alle kamen in Verwirrung, es entstand ein großes Geschrei,

Viele entflohen, Löwenheim setzte sich zur Wehr. Ueber das Getöse erwachte Peter oben im Baum, er kletterte schnell hinunter, da er den Krieg wahrnahm, und sprang und fiel in das Gefecht hinein, wo es am hitzigsten war. Peter bemächtigte sich sogleich der Adelheid, und eilte mit ihr fort, er setzte sie auf ein Pferd und nahm den Weg nach seinem Schlosse. Löwenheim bemerkte anfangs im Gewirre den Verlust seiner Braut nicht; aber kaum vermißte er sie, als er einen Knecht vom Pferde stieß und dem Räuber nacheilte. Peter hatte sich auf einer Wiese, nicht weit von einer Schäferhütte gelagert, um die ermüdete und aus ihren Sinnen geschreckte Adelheid rasten zu lassen. Löwenheim stürzte auf den Blaubart zu und es entstand ein hartnäckiger Kampf, in dem anfangs der Bräutigam zu unterliegen schien; aber dieser raffte alle seine Kräfte zusammen und überwältigte endlich Petern, dieser fiel unter einem heftigen Blutverlust zur Erde. Löwenheim nahm seine Geliebte und führte sie zurück; unterwegs aber traf er auf einige von Berners Knechten, mit denen er kämpfen mußte. Plötzlich senkte sich während des Getümmels ein dunkler Schatten vom Himmel nieder und schwebte wie eine leichte Wolke immer näher und näher zur Erde hinab, wickelte sich um Adelheid wie ein Gewand, und sie verschwand darin in dem blauen Himmel.

Zwei und zwanzigstes Kapitel
Peter unter den Schäfern

Der verwundete Peter ward von dem Schäfer und seiner Frau in die Hütte aufgenommen, wo sie seine Wunden verbanden und freundlich für ihn Sorge trugen. Unter ihrer Pflege erholte er sich bald, besonders da die Tochter Magdalene, ein gutes, unschuldiges Mädchen, fleißig für ihn Sorge trug. Er fühlte, daß man in dieser Lage ein recht angenehmes Leben führen könne, und sagte: O wohl hat der alte Horatius Flaccus Recht, wenn er sagt: Beatus ille, qui procul negotiis etc. – Ich habe bisher diese stille Lebensart immer verachtet, aber ich finde, daß sie angenehmer ist, als ich mir vorstellen konnte. Hier lebt sich's so ruhig fort, kein Unfall stört uns, der Schäfer treibt seine Heerde aus und kömmt am Abend sicher zurück, er verschließt sie in den Ställen und legt sich dann selber ohne Furcht zu Bette. Kein Feind macht ihn besorgt, kein plötzlicher Ueberfall reißt ihn vom Schlafe. Niemand beneidet ihn, er haßt Niemand, seine frommen Lämmer spielen unschuldig um ihn her, und er kennt sie alle; ein Tag vergeht wie der andere, und er nimmt jede Gabe des Himmels mit inniger Dankbarkeit an. O wenn es mir vergönnt wäre, ein solches Leben zu führen! all' dem wilden und ungestümen Ritterwesen Lebewohl zu sagen, und in der ruhigen Einsamkeit das zu finden, was ich seit so lange vergebens gesucht habe! Dann nähm' ich hier ein Weib, wie ein Bauer, und freute mich meiner gesunden Kinder; so würde ich alt, die Zeit ginge mir schnell vorüber, ohne daß ich ihre Flüchtigkeit bedauerte; dann trüge ich keine Wunden, keine Stöße und Hiebe davon; dann müßte mich der unkluge Bernard in Ruhe lassen, der offenbar nur meinen Untergang will. – Vielleicht aber, wenn ich ein Schäferleben führte, möchte ich von Neuem das tolle Ritterwesen wieder anfangen. Das Unzufriedene steckt schon im Menschen, und davon wird ihn keine Arznei befreien können.

Er sprach viel mit Magdalenen und lernte ihre Schäferlieder; dann sprach er mit dem alten Martin von der Bebauung des Landes und der Viehzucht, und ward so unvermerkt mit jedem Tage gesunder und froher.

Löwenheim suchte seine Braut in der weiten Welt und konnte sie nirgend finden, nirgend hatte man sie gesehn, Keiner wußte Nachricht von ihr zu geben. Er durchirrte Wälder, Dörfer und Städte, aber alle seine Nachforschungen waren vergeblich.

Adelheid war in der dunkeln Wolke aufgefahren, und alle Besinnung hatte sie sehr bald verlassen. Sie erwachte wieder zum Leben, und fand sich in einem goldenen Wagen, den schneeweiße Schwäne durch den Luftraum zogen. Wolken segelten unter ihr hinweg, und sie sah die Welt mit ihren Städten, Thürmen und Schlössern weit unten in einem weißen Nebel eingeschleiert. Ihr Blick schwindelte, als er so ungeheuer tief hinabfiel, und sie hielt sich ängstlich auf ihrem Sitze fest.

Nach einiger Zeit senkte sich der Wagen, warme Lüfte umflossen sie und schmeichelten ihrer Wange. Ihr Herz that sich auf, und eine unbeschreibliche frohe Empfindung erfüllte ihre ganze Brust, alle Leidenschaften, alle Unruhe, alle Beängstigungen verschwanden wie das Dunkel vor der Sonne, sie fühlte, daß sie sich einem glücklichen Aufenthalte nähere.

Und vor ihren Augen lag eine liebliche Insel da, von hellem Grün bekleidet, von süßmurmelnden Bächen durchflossen, mit schattigen Gebüschen und Wäldern, durch welche süße Töne irrten und ein hellerer Himmel den elysischen Aufenthalt umfing. Die Schwäne ließen sich sanft nieder, und Adelheid stieg vom Wagen. Ohne Furcht durchirrte sie die einsamen Gänge und Gebüsche, eine ferne, liebeathmende Melodie zog sie mit Gewalt nach. Ein Gesang rieselte durch die Blumen hin, und die unbeständigen Schmetterlinge saßen auf den Rosen still und aufmerksam, und wiegten ihre breiten himmelblauen Flügel nach dem Takte des Gesanges, die Nachtigallen hielten sich schweigend, die Blätter rauschten nicht.

Adelheid kam näher und ging bei silbernen Lilien vorüber, die größer waren, als sie, und wie zum Gespräche ihre prächtigen Häupter gegen einander neigten. Jetzt sah sie eine dämmernde Laube vor sich, von Geisblatt durchschlungen und von Rosen durchwachsen, die wie rothe Sonnen durch das dunkelgrüne Laub blickten. Eine Gestalt, wie die eines freundlichen Engels, saß auf dem Rasen, und Blumen aller Art keimten zu ihren Füßen hin, liebliche Genien standen umher. Es war *Almida*, die in ihrem Lande die Frühlingsfeier beging; sie sang aus der Laube heraus:

Blumen küssen
Sich mit Tönen;
Zu den Füßen
Ihrer Schönen
Liegen seufzend, liegen schmachtend
Alle glückliche Geliebten,

Die die Edle nie betrübten,
Nur nach Gegenliebe trachtend.

Es tönt im Haine,
Im Sonnenscheine
Fliegt muthig hin
Gesang mit Scherz und fröhlichem Sinn

Durch rauschend Gebüsch
Gehn Quellen so frisch,
Und sprechen heimlich in grüner Nacht
Von Liebe, von des Frühlings Pracht.

Geht der Abend durch die Wiesen,
Seh' ich Mondschein golden fließen,
Auf des Baches Wellen flimmern,
Bleiche Schatten magisch schimmern.
O so finde ich den trauten
Gatten tief im Tannenwald,
Wandeln einsam dann, und Lauten
Klingen ungesehn, es schallt
Liebeston aus allen Klüften,
Und uns wiegen in den Lüften
Lieb' und trunkne Phantasei,
Nachtigallenmelodei,
Mondenschein und Zauberei.

Als Adelheid näher kam, stand die Fee auf und ging ihr entgegen. Adelheid war vom Glanz der Schönheit geblendet, aber die Fee schloß sie liebreich in die Arme. Sie sagte zu ihr: Ich habe Dich gerettet, Adelheid, um Dich Deinem Geliebten zurückzugeben.

Schweigend gingen sie nach dem Palaste, und süße Melodien folgten ihnen allenthalben gleich Dienern, alle Papageien auf den Bäumen neigten sich, und rothgesprenkelte Vögel mit grünen Schwingen flogen gleich Herolden vorauf.

Im Palaste setzten sie sich in Sessel nieder, und Adelheid erquickte sich an schönen Früchten, die von Genien in kristallenen und goldenen Schalen aufgetragen wurden; dann schlief sie, von der lieblichsten Musik und von dem Geschwirre der Bäume eingewiegt, die vor dem Fenster standen und einen grünen, kühlenden Schatten im Gemache verbreiteten.

Jetzt war es Abend geworden. Die Sonne ging so schön unter, wie es Adelheid noch nie gesehen hatte, das Purpurroth erfüllte den ganzen weiten Himmel und regnete in Westen mit goldnen Strahlen nieder, die beglänzten Bäume schüttelten voll Freude ihr Haupt, alle Nachtigallenzungen wurden gelöst, und die süßen Gesänge gaukelten und scherzten durch die Lindenblüthen, die weißen Nachtschmetterlinge erwachten, der Mond zog roth herauf.

Als er höher stieg, begann auf der Insel das Fest und die Andacht der Geister. Ein runder Platz war zubereitet, den schöne Palmen umgaben, von einem Baum zum andern waren Blumenkränze gehängt, die süß dufteten und hin und wieder wankten, scherzend von der leisen Abendluft angerührt. Golden sah der Mond durch die Baumgipfel herab, und ein heiliges Feuer brannte auf einem Altar in der Mitte des Platzes. Alle Feen und Geister faßten sich bei den zarten Händen und tanzten umher, indem sie ihre wunderbaren Gesänge absangen, und der Schimmer des Feuers und das Licht des Mondes seltsamlich auf ihren Antlitzen wechselte. Dann standen Alle plötzlich still, das Opfer war niedergebrannt, die Bäume fingen an zu klingen und melodische Töne erzitterten fernab unter der Erde. Nun erhob sich das Spiel der Gewässer und Bäche, die sich alle gleich lustigen, springenden Brunnen in die Höhe richteten, und plätschernd und rieselnd die lauen Lüfte kühlten, und in schönen Bogen golden im Mondschein funkelten. Hierauf verliefen sich die Geister in die Dunkelheit des Waldes, einige flogen in die Luft empor, einige kletterten die springenden Bäche hinan, und sanken mit dem Wasser unter. Adelheid war allein geblieben.

Die tiefe Nacht des Tannenwaldes lockte sie an sich, um da ihren Begebenheiten, ihrem Gefühle recht nachzuempfinden. Wie von einer Traumwelt ward sie von den dichten Schatten empfangen, ganz in der Ferne hörte sie leise Lieder gehn, tausendfarbige Schimmer hingen in Blumenkränzen oben in den dunkeln, zackigen Tannen. Adelheid war ihrer Erinnerungen nicht mehr mächtig, ihre Besinnung versank in den wunderbaren Erscheinungen, sie hörte kaum noch die leisen Tritte der Geisterwelt um sich her, den flötenden Gesang, der alle Blätter einschläferte, das Geplauder der Nachtigall, kaum sah sie noch die Regenbogenschimmer, den Mond und die glänzenden Quellen; sie wollte sich niederlegen und schlafen, um von ihren Empfindungen auszuruhn, als sie in der Ferne einen dunkeln Schatten wandeln sah; er kam näher; sie erkannte ihren Geliebten, nun war ihr Glück zum innigsten Gefühl geworden. Beide dankten in ihren Entzückungen der wohlthätigen Fee, Beide fragten sich erstaunt, wie sie dorthin gekommen. Die Königin kam jetzt zurück, sie sanken zu ihren Füßen nieder und flehten: O Gütige, da Du uns Deines Schutzes gewürdigt hast, so laß uns nun auch hier bleiben; wie werden wir von jetzt das Leben auf der Erde aushalten können? Laß uns in Deinem Glanze wohnen, diese liebe friedliche Luft einathmen, diese Lieder um uns spielen.

Nein, sagte die Fee mit der süßesten Stimme, Ihr müßt zurück, aber nach Eurem Tode treffen wir uns Alle hier wieder an. Ihr werdet auf der Erde, in irdischen Träumen gefangen, Alles, was Ihr hier seht, für Traumgestalt halten, aber die Erinnerung dieser Empfindungen wird mit Euch gehn, und auf Euer ganzes künftiges Leben eine stille Heiterkeit verbreiten.

Sie schieden, und Löwenheim kam mit seiner Braut am Morgen zur Erde und zu seinem Schlosse zurück.

Drei und zwanzigstes Kapitel

Magdalena

Peter war nun von seinen Wunden wieder hergestellt, er fühlte sich frisch und munter, und dachte darauf, nach seinem Schlosse zurückzukehren. Er hatte indeß Magdalenen täglich gesehn, und gestand es sich, daß er in sie verliebt sey.

Warum sollt' ich, sagte er zu sich selber, mich von den Vorurtheilen meines Standes zurückhalten lassen? Hat man mir denn nicht neulich das *Kind der Liebe* vorgespielt, wo Alles, was ich vorbringen könnte, so gründlich von dem liebenswürdigen Prediger widerlegt wird? Bei'm Bürgerstande wohnt noch die ächte Tugend, dort beherrscht der Edelmuth noch die Herzen. Bin ich denn darum Fürst, daß ich elend seyn soll? – Ja so, ich bin nur ein simpler Edelmann. Ich merke, die verdammten Tragödien liegen mir zu sehr im Kopfe. Des Landlebens hier bin ich überdrüßig, ich bin daher fest entschlossen, Magdalenen als meine Frau mit mir zu nehmen, und glücklich zu seyn. Sie ist die Unschuld selbst, ein ächtes Original zur anbetungswürdigen *Gurli*. Ich weiß nicht, warum ich mich noch länger bedenke. Ich wollte, ich hätte meinen verdammten langweiligen Rathschläger hier; gegen diese Parthie würde er gewiß keine Einwendungen machen.

Indem kam Magdalene über's Feld gegangen, aufgeschürzt und mit einem hochrothen Leibchen geziert. Als sie herankam, that sie ihre Schürze aus einander, und überschüttete den Ritter mit einer Menge schöner großer Krebse, die sie für ihn gefangen hatte. Er erstaunte und fragte, was die Thiere bedeuten sollten? Meine Liebe sollen sie bedeuten, antwortete Magdalene lachend; seht nur, wie groß sie sind.

Aber sonst, sagte Peter, pflegen sich Geliebte einander mit Blumen, aber nicht mit Krebsen zu bestreuen.

Was können Blumen helfen? rief Magdalene aus, ich mag die Eßwaaren lieber; aber zum Angedenken Eures Namens Peter will ich jetzt gehen und Petersilie pflücken, und dann will ich sogleich die Krebse beisetzen. Gebt indessen auf die Thiere Acht, daß sie nicht wieder davonlaufen.

Sie ging schnell fort, und ließ den Ritter als Hüter der Krebse zurück, der bald diesem, bald jenem wehren mußte, daß er nicht die Gränzen überschritt. Welche unnachahmliche Unschuld! sagte er, indem er einem Verwegnen auf den Kopf schlug; wo findet man noch solche Natur? O Du Muster und Vorbild zu einem Kalender der Musen und Grazien, ich will Dich mit mir nehmen und besser einbinden lassen, so bist Du das Modell zu einer Venus. Bei Dir werde ich gar nicht mehr nöthig haben, die Probe mit dem Schlüssel anzustellen, denn Du, liebliche Tochter der Natur, kannst Deine Neugier gewiß bezähmen, Dir gnügt an meiner Liebe. Aber ich weiß nicht, was die Krebse für verdammte Thiere sind, sie laufen über und durch einander, und ich kann sie nicht im Zaume halten. – Wie wohl wird mir seyn, wenn ich nun völlig der goldenen Ruhe genieße, wenn alle meine Wünsche in Erfüllung gehen, wenn der tolle Bernard mich zufrieden läßt, wenn ich ganz so leben kann, wie ich will; und das Alles habe ich dann Dir nur zu danken, süße Magdalene! – Magdalene, ich kann die Krebse nicht mehr bezwingen, sie werden mir zu gewaltig; es scheint Zeit zu seyn, daß sie gekocht werden. Dein liebes Geschenk ist gar zu munter auf den Beinen, befreie mich von der Obhut.

Ihr seyd auch zu gar nichts zu gebrauchen, sagte Magdalene, und sammelte die Krebse wieder in einen Topf, um sie auf's Feuer zu stellen. Sie wurden nachher in holder Eintracht verzehrt.

Der Ritter hielt noch an demselben Tage um Magdalenen bei den Eltern an, die sie ihm zusagten; die Hochzeit wurde auf dem Dorfe gefeiert, dann zog Peter nach seinem Schlosse und war sehr glücklich.

Er vergaß es beinahe ganz, daß er einen goldenen Schlüssel besaß, und erinnerte sich nur von ungefähr daran, als ihn ein benachbarter Ritter zu Gevatter bat. Er vertraute das Kleinod Magdalenen mit dem gewöhnlichen strengen Verbot, und reiste dann ab, völlig überzeugt, daß er diesesmal nicht nöthig habe, besorgt zu seyn.

Vier und zwanzigstes Kapitel
Sonderbares Verhör

Peter kam vom Gevatterschmause zurück, und brachte einige Gewissensbisse mit sich, da er nach langer Zeit zum erstenmale wieder in einer Kirche gewesen war. Die Kruzifixe und Gemälde hatten ihn melancholisch gemacht, und er beschloß, sich mit der ersten Gelegenheit zu bessern. Sollt' ich nicht auch einmal, sagte er, auf das Heil meiner Seele denken, da ich oft auf so erzdummes Zeug denken muß? Meine Seele, mein' ich, ist denn doch auch nicht gänzlich zu verachten, wenn sie gleich besser seyn könnte, es ist doch immer ein Stück von mir, das ich in Ehren halten muß, sie kann sich noch bessern, und mir selber nachher Ehre machen. Man muß sich auch nicht so unbesehen dem Teufel in die Hände liefern, denn sonst möchte am Ende die Waare für ihn zu gut seyn. Es giebt aber immer noch Menschen, die weit ruchloser sind, als ich, das kann mich beruhigen, und wenn *die* Christen sind, so gehöre ich auch mit darunter. Ich will eine Wallfahrt nach dem gelobten Lande vornehmen, mich von allen Sünden zu reinigen, und damit ist denn, mein' ich, dem Himmel mehr als genug geschehn; indessen soll es mir darauf nicht ankommen.

Er wollte vorher aber die Meinung seines getreuen bleiernen Kopfes vernehmen, ging deshalb nach dem Pavillon herauf, erinnerte sich aber, daß er den Schlüssel nicht bei sich habe, der dem eigensinnigen Rathe nur die Zunge öffne, so wie es auch bei vielen wirklichen Räthen der Fall ist, so daß ich ungewiß bin, wer hier wohl dem andern nachahmen dürfte. Sogleich stieg er die Treppen wieder zurück, und suchte Magdalenen auf, die eben in der Küche bei'm Feuer stand.

Gieb mir doch, geliebte Gattin, sagte er mit sehr sanfter Stimme, den goldenen Schlüssel, den ich Dir anvertraute.

Da hab' ich jetzt Zeit, schrie die geliebte Gattin Magdalene, mich mit Deinem einfältigen Schlüssel abzugeben, der Hase würde indessen verbrennen.

Ich muß ihn aber jetzt haben.

Und ich sage, daß ich ihn Dir jetzt unmöglich geben kann!

Magdalene, Du wirst mich böse machen.

Sey so böse, als Du immer willst, ich kann doch den Braten nicht verderben lassen.

Es liegt mir nicht am Braten, rief Peter ungeduldig aus, ich will nach dem gelobten Lande ziehn, und dazu brauche ich nothwendig den goldenen Schlüssel.

Mir kann es recht seyn, antwortete Magdalene, indem sie sich noch immer bei'm Feuer beschäftigte; so zieh meinetwegen dahin, wo der Pfeffer wächst.

Nun verlor der Ritter die Geduld; aus der ruhigen niederländischen Familien- und Küchenscene ward nun plötzlich ein historisches Gemälde voller großen Affekte, denn Peter gerieth in Wuth, Magdalene stemmte die Arme in die Seite, und der unschuldige Hase verbrannte wirklich.

Ich habe Deinen dummen Schlüssel gar nicht! sagte endlich Magdalene in der höchsten Ungeduld, und glaubte dadurch dem Zanke ein Ende zu machen.

Du hast ihn nicht? rief Peter aus.

Nein, sagte Magdalene, der Teufel weiß, wo er hingekommen ist; wer kann auf solche Lappalien so genau Acht geben, vielleicht hat ihn gar die Katze verschleppt.

O Magdalene! Wo sind meine goldenen Erwartungen geblieben? Ist dies das schöne häusliche Glück, das ich mit Dir zu genießen dachte?

Habe ich Dir denn aber nicht vorhergesagt, daß der Hase verbrennen würde?

Ach was Hase! schrie Peter mit den Zähnen knirschend, von meinen hohen idealischen Träumen ist hier die Rede, von meinem Schwung der Phantasie, von Allem, was dem menschlichen Herzen so unaussprechlich theuer ist.

Nun seht den Narren, rief Magdalene dazwischen, verlangt da Dinge, die es in der Welt gar nicht giebt.

Sprich, Falsche, nahm Peter das Wort und faßte sie hart an, bist Du nicht in dem verbotenen Zimmer gewesen?

Nun ja, sagte die Gattin, wenn Du es nun doch durchaus wissen mußt.

Peter stand erstaunt. Ist es denn Keiner gegeben, sagte er, ohne Neugier zu leben? Keiner? Auch die können sie nicht lassen, die so einfältig sind, daß sie von sich selber nichts wissen; die aus den Winkeln herausgerissen werden und die dann eines Glücks genießen, auf das sie niemals rechnen konnten? O was soll ich dann von den Menschen denken! Sie stoßen Glück und Leben, Alles, was sie haben und wünschen, von sich, um eine nichtswürdige Leidenschaft zu befriedigen, den elendesten von allen Affekten, einen Appetit, den der vernünftige Mensch gar nicht kennen sollte. Aber Alle, Alle haben sie das verfluchte Trachten, von dem verbotenen Baum zu essen, blos weil er ihnen verboten ist. So muß ich Alles, was lebt, für meinen Feind erkennen, nichts geht freundlich mit mir um; meine Liebe, Dein Leben war Dir nichts gegen die Wuth, dieses verbotene Zimmer zu sehn!

Aber welch' Lärmen um nichts! Es ist ja nichts einmal im Zimmer darin, als die leeren Wände; ist es der Mühe werth, deswegen in solche Wuth zu gerathen?

Es ist nicht dies, Dummkopf, sagte Peter mit unterdrücktem Grimme. Wo ist der Schlüssel?

Ich sage Dir ja, daß ich ihn nicht habe, schrie Magdalene, und fing an zu weinen.

Wo ist er?

Ich habe ihn weggeschickt.

Weggeschickt? – Bekenne mir Alles und schnell, denn sieh, dieser Degen soll sogleich Deine Brust durchbohren, wenn Du mir nicht Alles sagst.

Er machte bei diesen Worten so wüthende Gebehrden, daß Magdalene anfing zu zittern. Ich will Alles gestehen, sagte sie schluchzend. – Da ich das Zimmer so hübsch geräumig fand und gar nichts darin, da ich auch bemerkt hatte, daß Du so wenig, wie Jemand anders hineingeht, so nahm ich mir vor, es für mich selber zu bewohnen. Ich schickte deshalb den Schlüssel an *Hans*, daß er sich in das Schloß schleichen, die Stube aufschließen und dort bleiben sollte.

Wer ist der *Hans?*

Du willst auch Alles wissen: mein alter Liebster!

Peter trat einige Schritte zurück; dann rief er mit lauter Stimme aus: O, Asträa! so bist Du es denn nicht allein, die der Teufel von der Erde weggeholt hat, sondern auch die ländliche Unschuld? O, woran soll man nun noch glauben? Aus dem Regen bin ich in die Traufe gerathen, denn das hat doch noch keine von meinen vorigen Weibern gewagt. Verflucht sey das Landleben, verflucht sey alle ländliche Natürlichkeit! Zum Henker mit der Gurli, wenn es so um solche Charaktere steht!

Magdalene wurde von Neuem unwillig. Wozu soll das Gelärme? sagte sie beherzt. Bist Du der einzige Mensch, dem man gut seyn soll? Bist Du so schön, daß Du so etwas verlangen kannst? Den Hans habe ich eher gekannt, als Dich, und ist doch wohl noch ein Mensch, der solch eine kleine Stube und etwas Liebe von mir verdient.

Wir wollen nicht weiter streiten, sagte Peter. –

Ach! ich muß hier die Feder vor Rührung aus der Hand legen, denn am folgenden Morgen war auch sie, die Gute, nicht mehr. Zärtliche Schäfer und Schäferinnen weinten ihrem Andenken manche Thränen, und erzählten sich von ihr in den trauten Abendstunden; und ich kann es nicht unterlassen, auf den Blaubart immer böser zu werden. Ich hoffe, er soll seiner Strafe nicht entgehn.

Fünf und zwanzigstes Kapitel

Streit zwischen Bernard und Peter

Es traf sich wieder, daß Bernard und Peter auf einander stießen, und sich nach den ersten zärtlichen Umarmungen heftig mit einander zankten. Es war nichts weiter, als die alte Ursach des Streites, daß Peter keinen Lebenslauf führe, der interessant genug sey. Beide stritten über den Begriff des Interessanten und sahen ein, daß sie niemals einen Vereinigungspunkt finden würden.

Peter war gröber als gewöhnlich, denn er hatte sich vorgenommen, endlich vor dem lästigen Bernard Ruhe zu bekommen, sey es auch, auf welchem Wege es wolle.

Bernard wiederholte die alten Klagen, und Peter wurde endlich ungeduldig. Ich sage Euch, laßt mich gehen, rief er aus, oder Ihr macht mich wahrlich noch böse.

Aber ich verlange ja nur ganz etwas Billiges, sagte Bernard dagegen. Ihr sollt ja gar keinen neuen Plan anknüpfen, sondern nur den alten fortsetzen, der muß Euch ja ganz bequem fallen, und es ist nothwendig, damit doch nur etwas Einheit in Euer Leben kömmt. Ihr dürft die Adelheid so nicht aufgeben, Ihr müßt sie nun weiter lieben, Ihr müßt sie dem Löwenheim abzukämpfen suchen, sie entführen, so bleibt von nun an in Eurer Geschichte ein stets lebendiges Interesse.

Gehorsamer Diener! rief Peter aus, ich habe ein Haar darin gefunden, und ich bedanke mich für solches Interesse. Nennt Ihr das ein lebendiges Interesse, wenn man mich beinahe todt geschlagen hätte? Nein, so dürft Ihr mir nicht wieder kommen. Ihr habt da gut schwatzen, denn Ihr habt nichts von den Wunden gefühlt, die man mir beibrachte, Ihr habt nicht bluten dürfen, aber mir ist alle Liebe zu Adelheid aus dem Herzen herausgeschlagen; ich bin davon kurirt, das glaubt mir nur.

Ihr solltet diese Liebe wieder anknüpfen.

Nein, nein, es war für's erste Mal gut genug. Ich bedanke mich für eine solche Liebe, wo ich meine Haut dran setzen soll. Nein, mein lieber

Freund Hexenmeister, solche Forderungen müßt Ihr Euch aus dem Sinne schlagen. Ich mag die Liebe gern so, daß sie mir nicht viele Unbequemlichkeiten macht, das ist so für meinen Geschmack die beste Sorte von Liebe; wenn ich mich aber deswegen auf Tod und Leben herumschlagen soll, so laß ich lieber das ganze Lieben bleiben.

Ihr seyd ein roher, prosaischer Mensch, rief Bernard aus.

Schimpft nur, so viel Ihr wollt, sagte Peter kaltblütig, Ihr bekehrt mich doch nimmermehr zu Euren Narretheien.

Ihr werdet in allen gelehrten Zeitungen schlecht recensirt werden.

Das mag seyn, aber ich werde mich darum nicht kümmern.

Die Nachwelt wird Euren Namen mit Verachtung nennen.

Was Nachwelt? Meint Ihr, weil es bis Dato so Mode gewesen ist, daß die Vorwelt eine Nachwelt gehabt hat, daß das mit uns auch der Fall zu seyn braucht?

Lebt wohl! rief Bernard sehr verdrüßlich aus, ich lasse Euch nunmehr gänzlich laufen, ich bekümmere mich nicht mehr um Euch, Ihr mögt nun anfangen, was Ihr wollt, Ihr seyd mir im höchsten Grade fatal!

Das ist es gerade, rief Peter zurück, warum ich Euch schon längst habe bitten wollen. Ich wünsche, daß wir uns nimmer wieder sehn.

So gingen sie aus einander. Bernard warf noch einmal einen wehmüthigen Blick nach seinem ehemaligen Helden zurück; dann bogen Beide um eine Ecke und sahen sich seitdem nicht wieder.

Sechs und zwanzigstes Kapitel

Höllenbreughel. – Peters Kampf mit Hans

Ich betrachte mit Vergnügen die Werke des wunderlichen Höllenbreughel. Die Figuren ziehn mich an, die seltsame Composition nimmt meine Phantasie gefangen und versetzt sie in einen traumähnlichen Rausch. Man kann nicht gut darüber streiten, ob er sich in seinen Gemälden als Dichter zeigt, aber gefühlt habe ich es jederzeit. Der widersprechende Unsinn, die Tollheiten und Unnatürlichkeiten sind grade das, was er ausdrücken wollte und was er nicht weglassen durfte, wenn er Gemälde von diesem ungeheuern Charakter liefern wollte. Einfachheit und Schönheit wären hier sehr am unrechten Orte gewesen.

Der Leser erlaube mir, hiervon eine Anwendung auf mein Buch zu machen, und verzeihe es mir nachher. Kein einziger Leser kann es so sehr fühlen, als der Verfasser, daß es gänzlich an guter Simplicität Mangel leide, daß es gar kein Ziel und keinen Zweck habe, und sich in jedem Augenblicke widerspreche, daß es nur der geringste Unsinn sey, wenn der Blaubart nicht lesen könne, und doch eine Stelle aus dem Horaz citire. Warum, geliebter Leser, soll es aber nicht auch einmal ein Buch ohne allen Zusammenhang geben dürfen, da wir so viele mit trefflichem, dauerhaftem Zusammenhang besitzen? Soll es denn dem wunderbaren Geschöpfe, Schriftsteller genannt, nicht irgend einmal vergönnt seyn, Sattel und Zaum von sich loszuschütteln? Lieber Leser, Du sprichst so viel von der Einheit, vom Zusammenhange in den Büchern, greife einmal in Deinen Busen, und frage Dich selber; am Ende lebst Du ganz so, oder noch schlimmer, als ich schreibe. Bei tausend Menschen, die zugleich christliche und geschmackvolle Leser sind, nehme ich in ihrem Lebenslaufe lauter abgerissene Fragmente wahr, keine Ruhepunkte, aber doch einen ewigen Stillstand, keine lebendige Fortschreitung der Handlung, obgleich viel Bewegung und hin und wieder Laufens, kein Interesse, obgleich ängstliche Verwickelung, keine Originalität, aber wohl gesuchte Seltsamkeit, keine Empfindung, sondern Schwulst oder Reminiscenzen aus Dichtern, von denen jetzt die armen Menschen so viel zu leiden haben, daß sie deswegen nicht nach ihrem eigenen Geschmacke empfinden können.

Nehmt Ihr es nun bei gedruckten Büchern so genau, warum nicht mit Eurem Leben, das ein so vortreffliches, für die Ewigkeit bestimmtes Werk werden könnte? Ihr seht es den Versen an, ob sie für die Nachwelt taugen werden, und vergeßt darüber Eure eigene unsterbliche Seele, die ewige Harmonie in Euch selber, die für Folgezeiten bestimmt ist. Duldet also mein Buch und ich will Euer Leben dulden, wie ich es bisher geduldet habe und dulden mußte, wenn ich es gleich nicht wollte.

Doch, um wieder auf ernsthafte Dinge zu kommen, so hatte Peter jetzt einen Zweikampf mit dem eben erwähnten Hans vor; denn so uninteressant der Blaubart ist, so liegt er dem Leser doch immer noch mehr am Herzen, als der Leser sich, und darum wird er auch hoffentlich obige Stelle überschlagen. *Hans* war nämlich gesonnen, den Schlüssel wieder herauszugeben, wenn sich der Ritter dazu verstehn wollte, sich mit ihm zu schlagen; er hatte ihn daher auf einen Messerkampf nach Holländischer Weise gefordert.

Beide Duellanten kamen auf einer Wiese bei'm Mondschein zusammen, jeder mit einem langen Messer bewaffnet.

Ich kann diesen Kampf nicht weitläuftig beschreiben, weil die Beschreibung doch unmöglich in's Heroische fallen könnte. Genug, Peter siegte, indem er geschickter Weise dem Hans ein Ohr abschnitt und dadurch seinen Schlüssel wieder gewann. Sie schieden darauf als ziemliche Freunde, und Peter machte sich auf den Weg, um nach seinem Schlosse zurück zu gehn.

Er überlegte unterwegs, daß es doch besser sey, nicht nach dem gelobten Lande zu reisen, weil der Weg weit und beschwerlich sey, es auch auf dieser Straße sehr an guten Wirthshäusern fehle.

Indem er noch mit diesem Gedanken beschäftigt war, gesellte sich ein kleines Wesen zu ihm, und ging mit ihm eine Straße. Der Ritter verwunderte sich über die seltsame Gestalt, und wußte nicht, was er aus dem kleinen Burschen machen sollte; dieser redete ihn endlich an, und sagte mit einer feinschnarrenden Stimme: Herr Ritter, braucht Ihr keinen Diener?

Warum? wolltest Du mir dienen?

Gern.

Wie heißest Du, wer bist Du?

Eine Art von Satan, ein kleiner Auszug aus dem Teufel, die Leute nennen mich *Kobold*. Ich bin jetzt ohne Herrn, und da möcht' ich Euer Brod am liebsten essen. Womit sich der Teufel nicht selbst abgeben will, weil es ihm zu geringe ist, das habe ich zu besorgen, denn ich bin ein eben so großer Freund alles Mikrologischen, als er ein geschworner Feind davon ist. Ich hetze die Gelehrten an einander, ich erfinde die Lesarten und Conjecturen, um die sie nachher so laute Kriege führen, ich bin derjenige, der die Stellen in die alten Autoren hineinhext, in denen die größten Männer hängen bleiben, ich erfinde die Abhandlungen über Nichts, ich wäre mit einem Worte ein wahrer Teufelskerl, wenn ich nicht gewissermaßen der Teufel selber wäre.

Ich kann Dich also nicht brauchen, sagte Peter, ich habe auch schon eine Haushälterin, ihr würdet euch schlecht mit einander vertragen.

Außerdem kann ich auch noch andre Künste, fuhr der Kobold fort, denn die Gelehrsamkeit ist freilich nicht mein einziges Fach. Ich kann zum Exempel, was auf dem Boden steht, in den Keller tragen, die Fässer aus dem Keller trage ich im Gegentheil gern auf den Boden, meine größte Freude aber ist eigentlich das Rumormachen, daß ein Spectakel um nichts entsteht, daß ich großen Lärmen mache, und man nicht weiß, was herauskommen soll, und am Ende auch wirklich gar nichts herauskommt, daß es weit in die Welt hineintöset, und doch gar nichts zu bedeuten hat.

Herr Kobold, sagte der Blaubart, das sind alles brodlose Künste, Ihr müßt Euch mehr auf das eigentliche Praktische legen, sonst findet Ihr schwerlich Dienste.

Aber zum Henker, kreischte der Kobold auf, ist denn das nicht genug? Was verlangt Ihr mehr, und was thut Ihr Menschen denn mehr? Ich habe ja eben dies dumme Wesen von Euch gelernt, um mich bei Euch beliebt zu machen. Ihr seyd undankbares Volk, und so altklug, daß Euch gar nichts recht ist, wenn Ihr es nicht selber thut.

Seyd nur nicht böse, sagte Peter, kann ich Euch jetzt nicht brauchen, so findet sich wohl ein andermal Gelegenheit, es ist noch nicht aller Tage Abend.

Der Kobold verließ ihn hierauf, und es währte nicht lange, so rasselte es hinter Petern her, wie ein schwerbeladener Rüstwagen, so daß der Ritter auf die Seite trat, um das Fuhrwerk vorüberzulassen; aber nun war von dorther der Wagen wieder hinter ihm, Peter wandte sich wieder anders um, wo er auch stand, war ihm der rasselnde Wagen mit den schnaubenden Pferden im Rücken. Peter verlor die Geduld und kletterte auf einen Baum, um das Ungethüm nun endlich vorüber zu lassen; aber als er oben saß, war es, als wenn sich Holzhauer unten fertig machten, den Baum zu fällen, er hörte die Axt klingen, er hörte bei jedem Hiebe den nachgebenden Baum krachen. Er fing daher schnell an, hinunterzuklettern, aber je eiliger er abwärts kletterte, je höher kam er, so daß er zuletzt oben in dem höchsten Wipfel saß. Nun fing der Baum an sich zu neigen und hin und her zu schwanken, und Peter kam, ohne daß er begreifen konnte, wie es geschah, von einem Baum auf den andern, so daß es schien, als wenn ihn der Wald sich zuwürfe, und alle Bäume Ball mit ihm spielten. Der letzte Baum an der Waldecke ging endlich gar mit ihm fort, und setzte ihn dicht vor einem Sumpfe nieder. Die ganze Gegend war ihm fremd, er konnte durchaus nicht entdecken, wo er war, als viele tausend Lichter vor seinen Augen erschienen, als wenn eine große hellerleuchtete Stadt in der Ebene läge. Er ging dem Schimmer nach und gerieth wieder in einen Sumpf. Unter langem Hin- und Herirren ward es endlich Morgen, die Hähne krähten, die Gespenster verkrochen sich, und er sah, daß er vor seinem Schlosse stand.

Nun, sagte der ermüdete Peter, diesmal mit einem Gelehrten umgegangen und nie wieder; dies Studium ist nicht meine Sache.

Sieben und zwanzigstes Kapitel

Sophie

Das hätte mir noch gefehlt, sagte Peter nach einigen Tagen, daß ich mir eine neue Zauberei auf den Hals geladen hätte; ich habe an der alten genug zu tragen, und wenn ich doch etwas leiden muß, so ist es immer noch am besten, ich nehme mir wieder irgend eine Frau, und das will ich auch thun. Vorher aber will ich nur sehn, ob der Rathgeber noch lebt.

Er ging hinauf, berührte den Kopf und fragte: Soll ich heirathen?

Antwort. Nein.

Nein und immer nein, rief Peter aus, zu Allem, was ich vorhabe; das ist mir unausstehlich, und ich verliere fast die Geduld.

Kopf. Du willst nie etwas Kluges.

Peter. Was ist klug?

Kopf. Das, wovon Du keinen Begriff hast.

Peter. Halt inne mit Deinen Grobheiten! Gebe ich Dir darum Lohn und Brod?

Sie trennten sich wieder, und Peter that, was er wollte, und der Kopf dachte, was er wollte.

Nicht weit von Peters Schlosse lebte ein Mädchen, das *Sophie* hieß. Sie war von einer Tante erzogen, das heißt, sie war in deren Hause groß geworden; denn sonst hatte sie nicht die mindeste Bildung. Sie war eines von denen Geschöpfen, an denen man selbst mit dem schärfsten Auge keinen Charakter wahrnehmen kann; sie wollte nichts, sie wußte nichts, Alles war ihr gleich. So wie es die Umstände gaben, war sie gut oder schlecht, großmüthig oder nicht, sie that Alles, was man verlangte, und unterließ, was ihrem Willen überlassen blieb. Diese hielt Peter für geschickt genug, seine Frau zu werden, er hoffte, daß sie am wenigsten den Schwächen der übrigen Weiber unterworfen seyn würde.

Die Hochzeit wurde bald vollzogen, und Peter übergab ihr auch bald nachher den Schlüssel. Sie dachte nicht daran, in das verbotene Zimmer zu gehn, und verträumte den ganzen Tag; Mechthilde aber war sehr unzufrieden damit, daß diese aus Dummheit die Tugendhafteste seyn sollte; sie fragte sie daher, warum sie nicht in das Gemach ginge, da es doch schwerlich so viel auf sich haben könne, und sogleich ging sie hinein, ohne die mindeste Neugier zu haben.

Sie starb, wie die Uebrigen.

Acht und zwanzigstes Kapitel

Catharine

Von dem Charakter Sophiens ist nicht viel anzumerken; es läßt sich nichts weiter von ihr sagen, als daß sie gelebt hat. Peter vergaß sie auch sehr bald, wie er denn überhaupt nicht das beste Gedächtniß hatte.

Er ritt und jagte, und vertrieb sich mit Zänkereien mit seinen Nachbarn die Zeit. Unter diesen Umständen lernte er Catharinen von Hohenfeld kennen, die in einem Kloster auferzogen wurde. Sie war kränklich und nervenschwach, und Peter wollte es auch einmal mit einer solchen Frau versuchen.

Catharine hatte von Jugend auf viel von einer trüben, melancholischen Phantasie gelitten, von jeher hatte sie sich gern mit betrübten und seltsamen Gegenständen beschäftigt, viel geweint, Legenden von Heiligen gelesen, und überhaupt ihr ganzes Gedächtniß mit den wunderlichsten Gegenständen angefüllt.

Sie hatte schon im Kloster von Peter und seinen vielen Weibern gehört, und sie war sehr neugierig, diesen sonderbaren Mann, der in der ganzen Gegend unter dem Namen des *Blaubart* bekannt war, näher kennen zu lernen.

Es fügte sich dies, indem sie einen Oheim besuchte, und Beide gefielen sich gleich so sehr, daß sie sich ohne weitere Umstände die Ehe versprachen. Peter hatte ein lustiges Wesen angenommen, womit er am geschicktesten seinen heimlichen Grimm zu verdecken glaubte.

Catharine war sehr begierig, sein Schloß und die ganze Einrichtung näher kennen zu lernen; sie versprach sich vielen abenteuerlichen Genuß, und darum folgte sie ihm freudig dorthin.

Neun und zwanzigstes Kapitel
Mechthilde erzählt eine Geschichte

Catharine stand gewöhnlich in der dunkeln Nacht auf, und sah aus dem Fenster der Burg, um sich an den wunderbaren Gestalten der Wolken zu ergötzen, die dazwischen glänzenden Sterne zu sehn und zu hören, wie der feuchte Nachtwind über die einsame Haide ging.

So stand sie auch nachdenkend in der einen Nacht, und sahe von ferne her sich ein Lichtlein bewegen, das gleichsam gebückt auf der Erde schlich. Sie heftete ihre Aufmerksamkeit darauf, und sie glaubte auch darunter Figuren in der Ferne zu bemerken, die hin und wieder schwankten.

Es war Mitternacht vorüber und die heiligste Stille lag über der Natur ausgebreitet, da hörte sie ganz deutlich fernab ein klägliches Gewinsel, wie einen traurigen Todtengesang. Sie wußte nicht, was das Alles zu bedeuten habe, und ein stilles Grauen bemeisterte sich ihrer.

Nun kam der Zug näher, er stand jetzt unten an der Burg. Es war ein schwarzes Gefolge, voran ging eine betrübte, jämmerliche Gestalt, wie die des Todes, und trug ein kleines Laternlein in der Hand, und das Licht brannte bläulich. Dann folgte ein Sarg und ein Chor von schwarzen eingehüllten Figuren, die so kläglich sangen, daß schon ihr bloßer Ton den Menschen hätte wahnsinnig machen können, so höchst trübselig war es anzuhören.

Jetzt wurde der Leichnam in die Erde gesenkt, und der dröhnende Todtengesang schwieg auf einen Augenblick still, da faßte sich Catharine ein Herz, und redete die fremden Leidtragenden an und fragte: Wen begrabt ihr da? Der Tod nahm seine Laterne vom Boden auf, und hielt sie in die Höhe, so daß sie ganz deutlich sein nacktes Gebiß und seine leeren Augenhöhlen sehn konnte, und antwortete: Wir begraben hier Catharinen, die Frau des Blaubart; Ihr müßt es aber noch Niemand sagen.

Catharine fing an zu zittern, sie erwiederte mit bebender Stimme: Diese Frau lebt ja noch. – Nein, sagte der Tod und winselte, sie ist gestorben, wir begraben sie hier. Catharine war verrückt geworden, und schrie zum Fenster hinaus: Ihr irrt Euch, lieben Leute, denn ich bin es ja selber.

Nun, seht ihr, sagte der Tod, daß wir eine ganz falsche Leiche hatten, ich dacht' es gleich; kommt, wir wollen uns nun die rechte holen. – Und nach diesen Worten sprangen sie Alle sehr ämsig nach der Burg zu, und die kleinen Gestalten wurden plötzlich ungeheuer groß, und der Tod konnte mit dem Kopfe zum Fenster hineinreichen. Catharine lief wahnsinnig zurück, und verbarg sich in ihr Bette; kein Schlaf kam in ihre Augen, sie lag in einer Fieberhitze.

Am Morgen reiste Peter fort, und gab seiner Gattin den Schlüssel, um sie zu erforschen. Du willst gehn? rief sie aus; o bleibe hier, ich kann jetzt nicht ohne Dich seyn, ich sterbe, noch eh' Du zurückkömmst. Ich kann es Dir nicht beschreiben, welche Schrecken mich umgeben, aber ich weiß es gewiß, Du siehst mich nicht wieder.

Wie ist Dir, Catharine? fragte Peter.

Wunderlich, entsetzlich, antwortete sie. Wo ich hinblicke, seh' ich Gräber, wider meinen Willen drängen sich gräuliche Empfindungen zu mir hinan. Schatten gehn um mich herum, die ich nicht kenne, sie winken mir, sie gebieten mir, und ich darf nicht auf ihre Befehle hören. O bleibe hier, damit ich nicht mitten unter den Gräßlichkeiten umkomme.

Peter schien selber beklemmt zu werden, er wandte sein Haupt scheu von der Seite und sagte: Nein, ich kann nicht hier bleiben, Catharine, aber sehr bald komme ich zurück.

Er ging und ließ Catharinen trostlos zurück; sie hatte ihn mit der Furcht angesteckt, und es währte eine geraume Zeit, bis er die trüben Vorstellungen aus seinem Gemüthe verbannen konnte. Catharine irrte durch alle Gemächer des Schlosses, sie glaubte immer, sie müsse dem Tode zu enteilen suchen, der ihr nachstrebe und sie als seine Beute mit sich führen wollte. Sie hörte ihn an den Thüren rasseln, wie er die Klinken bewegte, um zu ihr zu kommen. Sie traf auf die alte Mechthilde, und bat diese um ihre Gesellschaft; Mechthilde war nicht im Stande, ihre Angst zu vermindern, es wurde Abend und Nacht, und Catharine zitterte immer noch.

Ein Gewinsel schlich um die Burg, und in der Luft erklang es, wie ein fernes Glockenläuten; Catharine fuhr zusammen und hörte dann nachdenkend darauf hin. O Mechthilde! rief sie aus, was ist das?

Nichts, antwortete Mechthilde ganz kaltblütig.

Nein, es ist wohl nichts, sagte Catharine dann; komm, setze Dich zu mir nieder, und verkürze mir durch Erzählungen die trübseligen Stunden, damit ich die Zeit hintergehe. Nimm ein wunderbares Mährchen und Gedicht der Phantasie, womit wir die schwermüthige Wirklichkeit übertäuben.

Ich weiß nichts, sagte Mechthilde.

Du mußt erzählen, fuhr Catharine auf, Du mußt.

Weil Ihr denn also wollt; aber Ihr müßt meinem schlechten Vortrag verzeihen.

Mechthilde fing an:

Es wohnte ein Förster einmal in einem dicken, dicken Walde; der Wald war so dick, daß der Sonnenschein nur immer in kleinen Stückchen hinunterfallen konnte; wenn das Jagdhorn geblasen ward, so klang dies fürchterlich. In der dichtesten Gegend des Forstes lag nun gerade das Haus des Jägers. – Die Kinder wuchsen in der Wildniß auf und sahen gar keine Leute, als ihren Vater, denn die Mutter war schon seit lange gestorben.

Um eine gewisse Jahrszeit traf sich's immer, daß der Vater sich den ganzen Tag im Hause eingeschlossen hielt, und dann hörten die Kinder ein seltsames Rumoren um das Haus herum, ein Winseln und Jauchzen, in Summa: ein Gelärm, wie vom leibhaftigen Satanas. Man brachte dann die Zeit in der Hütte mit Singen und Beten zu, und der Vater warnte die Kinder, ja nicht hinauszugehn.

Es traf sich aber, daß er auf eine Woche, in die der Tag gerade fiel, verreisen mußte. Er gab die strengsten Befehle; aber das Mädchen, theils aus Neugier, theils weil sie den Tag aus Unachtsamkeit vergessen hatte, geht aus der Hütte heraus. – Nicht weit vom Hause lag ein grauer, stillstehender See, um den uralte verwitterte Weiden standen. Das Mädchen setzt sich an den See, und indem sie hineinsieht, ist es ihr, als wenn ihr fremde, bärtige Gesichter entgegensehn; da fangen die Bäume an zu rauschen, da ist es, als wenn es in der Ferne geht, da kocht das Wasser und wird immer schwärzer und schwärzer; – mit einemmale ist es, als wenn so Frösche darin umher hüpfen, und drei blutige, ganz blutige Hände tauchen sich hervor, und weisen mit dem rothen Zeigefinger nach dem Mädchen hin. –

Sie erschrickt und weiß sich nicht zu lassen, sie will fortlaufen, aber sie wird am Boden festgehalten, und indem sieht sie sich um, und ein kleiner Zwerg, mit einem ungeheuern Kopf, steht freundlich hinter ihr und sagt:

Liebst Du mich?
Liebst Du mich?
Komm mit mir.
Geh mit mir.

Und dabei machte er die wunderlichsten Gebehrden, so daß man nicht sagen konnte, ob es fürchterlich, oder ob es lächerlich war. Indem sich das Mädchen noch bedachte, schwimmt eine alte Frau oben auf dem See, die ihr zuruft, sie solle nicht mit dem Ungeheuer gehn, denn es würde sie erwürgen, damit es sich aus ihren schönen Knochen Spielsachen für sich und seine Kinder machen könnte.

Die Kleine sehnte sich nach ihrem Vater, aber er war nicht da; sie sah nach der Hütte, es war so finster geworden, daß sie sie mit den Augen nicht wiederfinden konnte. Da war sie allein und ganz ohne Hülfe, und wußte nicht, was sie thun sollte.

Traue Keinem! traue Keinem! sang es kläglich vom Baume oben herab, sie sind Beide Wütheriche, sie sind Mann und Frau, und sie haben ihre eigenen drei Kinder gefressen, nur die Hände sind übrig geblieben. Es war ein weißer Vogel, der so rief, er sah fast aus, wie ein Storch, nur daß er ein ordentliches menschliches Antlitz trug, mit einem langen Barte. Hilf mir! schrie das Mädchen und weinte. Klettre zu mir herauf, sagte der Vogel. Die Alte drohte ihr, der Zwerg wollte sie zurückhalten, aber sie faßte ein Herz, und stieg auf den Baum zum wunderbaren Vogel hinauf. Willkommen! sagte derselbe. Sie setzte sich auf einen Zweig und der graue See unten verschwand, und die verwitterten Weiden tanzten rund umher, und auf dem Boden des Sees lag die Alte und konnte sich vor den drei blutigen Händen nicht retten, die ihr unaufhörlich nachliefen und sie gewaltig ängstigten.

Plötzlich ward der Vogel zum Zwerg, der unten gestanden hatte, und die alte Seemutter fing darüber heftig an zu lachen. Nun konnte sich das Kind nicht mehr halten, verrückt sprang und fiel es den hohen Baum hinunter, und fing an zu laufen; die Alte schickte die blutigen Hände nach, um es fest zu halten. Das Mädchen schrie und weinte, und rannte nach der Hütte zu, wo es seinen Vater drinnen beten hörte und sagen: Wäre nur meine arme Tochter hier! – Gottlob, daß ich hier bin! schrie sie auf und stürzte in die Hütte; aber der Vater war nicht darin, sondern an den Wänden saßen ganz fremde eisgraue Männer umher, und ein Todtengerippe, mit bunten Bändern geschmückt, sprang in der Stube lustig hin und her, woran sich die Alten sehr ergötzten. Das Mädchen rannte wieder hinaus, und Wald und Alles war verschwunden, und der Vogel stand riesengroß da und riß sich Federn aus, aus denen Eulen wurden. Das Kind sah durch's Fenster in die Stube hinein, und wie erschrak sie, als sie sich drinnen mit dem Todtengerippe tanzen sah, sie aber stand draußen als eine steinalte Frau. – –

Genug, genug, schrie Catharine auf, der Kopf schwindelt mir schon, ich weiß mich nicht mehr zu lassen. Welchen ungeheuern Unsinn häufst Du zusammen, um mich in eiskaltes Entsetzen unterzutauchen? Sprich von Wirklichkeiten, damit ich nur wieder zu mir kommen kann.

Soll ich Euch von mir selber erzählen? sagte Mechthilde.

Ja, ja, rief Catharine, nur nicht jene Schrecklichkeiten.

Ach meine eigne Geschichte, fuhr Mechthilde fort, ist schrecklich genug. Wenn Ihr es mir auch jetzt nicht anseht, so gab es doch eine Zeit, in der ich liebte, in der ich wieder geliebt ward.

Sprich nicht so, sagte Catharine; o welche melancholischen Rückerinnerungen! Was ist denn der Mensch? Was ist denn die Liebe?

Hört nur weiter, sagte Mechthilde. Mein Liebhaber ward mir ungetreu, er wollte mich nicht wieder kennen, ich war durch ihn Mutter gewesen. O meine Verzweiflung überstieg damals alle Grenzen! Wenn ich noch jetzt daran denke, o so tritt mir alles Blut kalt vom Herzen zurück. Ich sah ihn, und schüttete heimlich ein starkes Gift in sein Getränk. Es währte nicht lange, so spürte er die Wirkungen meiner Rache! Wie er sich wand, wie er endlich bewußtlos zu meinen Füßen niedersank, wie alle seine lieben verführerischen Züge entstellt waren! Ach, nun kam plötzlich die Reue in mein zerrissenes Herz, und es war zu spät! Ich wußte mich selber nicht mehr zu lassen, er knirschte mit den Zähnen und krampfte sich auf dem Boden umher, und so starb er.

Mechthilde fuhr wie rasend auf. – Ach! wo ist er? rief sie laut. Soll ich ihn noch wiedersehn? Werden nun so plötzlich alle meine Träume erfüllt, wie ich es niemals denken konnte?

Sie stürzte auf Catharinen zu und schloß sie in ihre Arme; dann wurde sie still und nachdenklich, und ging so aus dem Zimmer, als wenn sie sich auf etwas besänne.

Catharine war wieder allein. Sie konnte unmöglich einschlafen; nach allen diesen Erschöpfungen der Phantasie dachte sie an den Schlüssel und an das verbotene Zimmer. Eine unbeschreibliche Lüsternheit ergriff sie, sich mit etwas neuem Wunderbaren zu sättigen; sie konnte sich nicht länger zurückhalten, sie ging und schloß auf.

Bei einem matten Kerzenschimmer lag eine weibliche Leiche auf einem Paradebette, schwarze verhüllte Gestalten saßen als Wächter umher und scheuchten die Fliegen zurück; die Figuren aus den Wandtapeten standen auf und winkten ihr, daß sie still seyn und nicht die heilige Ceremonie stören sollte. Sie schlich leise näher und erkannte sich selber, denn sie lag im Sarge, und einer von den Eingeschleierten stand auf und schlug sein Gewand zurück, es war der schreckliche Tod, den sie schon vorher gesehn hatte. – Sieh, sagte er feierlich und nahm sie bei der Hand, nun haben wir Dich ja doch eingeholt, da ist kein Entrinnen nütze.

Sie sank nieder und blieb todt im Gemache liegen.

Dreißigstes Kapitel

Bernard begiebt sich zur unterirdischen Fee

Bernard hatte jetzt einen festen Entschluß gefaßt; er ließ sich eines Morgens bei der Fee Almida melden, als diese eben Kaffee trank. Verzeihung, sagte er und trat hinein, daß ich hereintrete; ich wollte mir die Erlaubniß ausbitten, ein Paar Worte mit Ihnen zu sprechen.

Die Fee setzte ihm einen Stuhl hin, und schenkte ihm eine Tasse ein.

Sie wissen, sagte der Alte, daß Herr Peter Berner bisher mein Held war, an dem ich lenkte, erzog und schob. Das ganze Werk ist aber leider ganz anders ausgefallen, als ich es mir nur je konnte träumen lassen; er ist ungelehrig und hat mir meinen ganzen schönen Plan verdorben, so daß ich nun nicht weiß, was die gelehrte Welt dazu sagen wird. Das Beste ist noch, und das tröstet mich einigermaßen, daß es gar nicht meine Schuld ist. Sie haben sich der Adelheid und des Herrn Löwenheim angenommen, und ihre Geschichte schreitet immer so still und ruhig fort, daß man sie gleich in den häuslichen Gemälden könnte abdrucken lassen. Ich komme nun eben deswegen her, um Ihnen eine Proposition zu machen. Wie wär' es, wenn wir uns nun Beide zusammen thäten, um diese Lebensgeschichte fortzusetzen? Mir gelingen vielleicht die erhabenen, starken Stellen mehr, Ihnen aber die sanften, zärtlichen, und so könnte das Werk vielleicht ausnehmend und klassisch werden. Wir wären auch nicht das erste Beispiel einer solchen Alliance, denn so haben zum Exempel Beaumont und Fletcher manche Stücke mit einander geschrieben, so daß man noch jetzt nicht herausfinden kann, was einem Jeden gehört; mehrere Maler haben sich oft, wie Rubens mit andern, zusammengethan, um in Gesellschaft etwas zu Stande zu bringen; der eine malte die Liebeshistorie, der andere das Federvieh. – Nun, was sagen Sie dazu? schloß er, indem er die Tasse umstülpte und dadurch hieroglyphisch zu verstehen gab, daß er nicht mehr zu trinken begehre.

Ich habe Ihnen, lieber Freund, antwortete die liebreiche Fee, schon oft meine Gesinnungen darüber zu erkennen gegeben, aber Sie scheinen mich immer mit Vorsatz nicht zu verstehen. Ich kann mich auf dergleichen literarische Spekulationen durchaus nicht einlassen, und ich rathe Ihnen ebenfalls, daß Sie sich endlich zur Ruhe setzen, da Sie schon so alt sind, und sich nicht mehr Zeit und Laune von solchen Hauptcharakteren verderben lassen, die sich doch nie so fügen werden, wie Sie es wollen.

Hohl's der Henker, gnädige Frau, sagte Bernard, Sie haben Recht, vollkommen Recht; ich habe nach meinen vielen schriftstellerischen Arbeiten wohl die Ruhe verdient, ich kann ja nun auf meinen Lorbeeren einschlafen. Ich habe so ein superbes unterirdisches Landgut, dorthin will ich mich jetzt begeben, um mit meiner Gränznachbarin, der alten Fee, in einer holden Eintracht zu leben.

Er beurlaubte sich hierauf, und ging nach der Wohnung der alten Fee. Einen guten unterirdischen Tag! sagte er. Nun Gottlob, die Geschichte ist endlich zu Ende.

Schon? sagte die Alte.

Ja, höchstens kann es noch ein Paar Kapitel geben, aber dann hat meinen bisherigen Helden wahrscheinlich der Teufel geholt, und mir ist deshalb ganz leicht um's Herz. Jetzt will ich nun in Ruhe leben und Sie öfters besuchen. – Sie halten doch nicht etwa die Literaturzeitung?

Nein.

Nun gut, ich denke, wir bleiben gute Freunde.

Er empfahl sich, um seine Güter in Ordnung zu bringen, auf die sein Sohn, ein ruchloser Zaubergeist, viele Schulden gemacht hatte.

Ein und dreißigstes Kapitel

Exekution des Kopfes

Es war nun die Zeit gekommen, daß Peters Sinn gänzlich geblendet ward, und daß er mit raschen, verdoppelten Schritten seinem Untergange zueilte. Er hatte Agnes, die Schwester des Ritters Anton von Friedheim, gesehn, und beschlossen, sie zu heirathen. Und ich glaube in der That, daß, wenn es nicht Verfasser und Leser überdrüßig würden und dem Blaubart endlich ein Ziel setzten, so wäre es dem Blaubart recht, wenn man einen großen Folioband von ihm schriebe, in welchem beständig wiederholt würde, daß er sich von Neuem verheirathet hätte.

Er ging zum Rathgeber, und fragte ihn wieder, ob er heirathen sollte: Nein, antwortete der Kopf; indeß war dem Ritter das schon etwas Altes, er kehrte sich daran nicht, sondern nannte dem Kopf den Namen Agnes, worauf der Bleierne winselte und sagte: Heirathe nicht in diese Familie, denn es ist Dein Untergang. Ein toller Bruder von ihr, Simon –

O, nun bin ich es endlich überdrüßig, rief Peter in der höchsten Wuth aus; darfst Du Dich unterstehn, von allen Menschen schlecht zu sprechen? Der Mann ist wohl klüger als Du, keine Spur von Tollheit ist an ihm, an der Du einen so großen Ueberfluß hast. – Und wo hast Du Dich denn nun bis jetzt, mein Freund, vernünftig bewiesen? Was hast Du mir denn für vortrefflichen Rath gegeben? Lauter Narrenwesen ist es mit Dir, und ich will Dich jetzt auch endlich abdanken. Ist es wohl der Mühe werth, daß ich Dich so weit aus dem Mittelpunkt der Erde heraufgeholt habe? Fort mit Dir!

Er faßte den bleiernen Kopf, der sich vergeblich mit Händen und Füßen sträubte, und warf ihn gewaltig oben von der Burg herunter. Er fiel auf einen spitzigen Stein und sprang in mehrere Stücke; eine kleine Schlange schoß aus dem Kopfe hervor, lief eine kleine Strecke, und arbeitete sich dann mit großer Emsigkeit in den Boden hinein.

Es war, als wenn sie von der Hinrichtung des Kopfes der Unterwelt die schreckliche Nachricht überbracht hätte; denn kurz darauf sah man, daß die ganze Erde lebendig ward; sie that sich auf, und Wiesel und Mäuse, Insekten und andres Gewürme versammelten sich um den todten Kopf, und winselten und wehklagten laut. Dann wurde eine Bahre mit einem köstlichen Sarge aus der Erde gebracht, vier Hunde trugen die Leiche und trockneten sich die Thränen mit weißen Tüchern bei jedem Schritte; vorn ging der Pudel, der am Felsen der Fee Wache hielt, als Marschall mit einer Trauerfahne und einer Citrone in der Hand, dann kam unter einem kläglichen Gesange das Heer der unterirdischen Thiere, dann folgten in einer Trauerkutsche, die um und um mit Spinnweben behängt war, Bernard und die alte Fee, die Pferde waren mit Decken von Spinnweben behangen, dann folgten Prediger und Küster.

Die Leidtragenden stiegen aus, als man an Ort und Stelle gekommen war; man hielt dem Kopfe die Parentation, und das Heer der kleinen Thiere schloß einen Kreis um den Pudel, die Maulwürfe, Wiesel und Hamster zurückwiesen, die sich etwa zur heiligen Ceremonie drängen wollten. Es war kläglich, den Schmerz der Tiefbetrübten anzusehn, die Wehklagen der Fee, die Theilnahme des alten Bernard, den Jammer des Pudels.

Jetzt war er eingesenkt, und ein dumpfer Schmerz folgte auf den lauten. Ein prächtiges Grabmal ward dem verblichenen Verdienstvollen gesetzt, mit dieser Inschrift:

> Steh, Wandersmann! Hierunter liegt die große Seele, die sich ganz dem Studium der Weisheit ergab, und nur den Kopf, als den edelsten Theil ihres Körpers, ausbildete.

Das Trauergefolge versank wieder in die Erde, und lange Zeit geschahen von Rathsbedürftigen Wallfahrten nach diesem Grabmale; nachher ward ein Rathhaus hingebaut, und über den Gebeinen des Verstorbenen steht der Rathskeller. Noch weht dort ein leiser, begeisterter Hauch und erinnert die Sterblichen an den großen Mann, den sie verloren haben.

Zwei und dreißigstes Kapitel

Agnes,. – Beschluß dieser Geschichte

Der Blaubart war an die Erscheinungen der Zauberwelt so gewöhnt, daß ihn dieses rührende Leichenbegängniß gar nicht einmal in ein merkliches Erstaunen versetzte. Er glaubte, dem Rathgeber sey nun genug geschehen, so daß er sich bei dieser großen Ehre wohl über seinen Tod zufrieden geben könnte.

Er heirathete nun die Agnes von Friedheim wirklich, und ich freue mich, daß ich die Geschichte nun bis zu dem Zeitpunkte geführt habe, wo Herr *Lebrecht* den Faden aufnimmt, und sie dramatisch beschließt.

Ich habe also auch nicht nöthig, hier noch etwas hinzuzusetzen, weil ich voraussetze, daß jeder meiner Leser den Blaubart gelesen hat, und es mir also sehr bequem fällt, dieses letzte Kapitel zu schreiben, in welchem ich nichts darzustellen brauche. Peter kam endlich von der Hand Simons um, und die gottlose Mechthilde stürzte sich aus dem Fenster und starb.

Wir lassen den Vorhang vor diesen betrübten Scenen fallen, und wollen den Leser bitten, nur noch in ein einziges, kleines Kapitel hineinzutreten; dann mag er gehn, wohin es ihm beliebt.

Drei und dreißigstes, oder letztes Kapitel

Abschied vom Leser und dem Herrn Peter Lebrecht

Selbst ein Buch, das keinen Zusammenhang hat, muß wenigstens einen Beschluß haben; und so geht es nun auch wahrhaftig mit diesem Werke. Es ist mir rührend, Abschied davon zu nehmen, und mir die Leser zu denken, die mit Thränen in den Augen das Buch zumachen und bedauern, daß es schon geschlossen wird. Ich empfehle mich hiermit dem günstigen

Leser, und will mich nur noch mit ein Paar Worten an den Herrn Lebrecht wenden.

Ich habe unmöglich, wie Sie einsehn werden, Herr Lebrecht, den Totaleindruck der Geschichte beibehalten können, den sie bei Ihnen macht, ich mußte mehr darauf ausgehn, die etwanigen dunkeln Parthie in ein deutliches Licht zu setzen.

Ich habe Sie hier mit dem Leser zusammengestellt, um Ihnen allen Beiden ein Kompliment zu machen; Sie werden es einsehn, und mir dafür danken. Sie wundern sich vielleicht selbst darüber, Herr Lebrecht, wenn Sie Manches in der Geschichte nun deutlicher einsehn, was Sie vielleicht vorher nicht so genau gewußt haben; es macht eine seltsame Empfindung, wenn man in manchen andern Büchern die Personen als Nebenrollen wiederfindet, von denen man ein Buch so eben gelesen hat, in denen sie die Helden vorstellen, oder wenn man umgekehrt eine episodische Person als Hauptcharakter antrifft. So erwähnen Sie, werthgeschätzter Herr, gar keines Bernards und keiner Fee, die Mechthilde ist dunkel gelassen, warum die Hauptperson einen blauen Bart hat, weiß man nicht, eben so wenig, warum sie die Weiber so haßt; ich schmeichle mir, daß ich alle diese Umstände in das beste Licht gesetzt habe, und nenne mich außerdem noch

meines hochzuverehrenden Herrn Lesers
und des Herrn Lebrechts

Ergebensten,
der Verfasser.